Veronika decide morir

Paulo Coelho

Veronika decide morir

Traducción de Montserrat Mira

Planeta

Título original: *Veronika Decide Morrer*

Diseño de la cubierta: Booket / Área Editorial Grupo Planeta
Fotografía de la cubierta: Shutterstock
Primera edición en Colección Booket: junio de 2006
Primera edición en esta presentación: octubre de 2025

Depósito legal: B. 13.840-2025
ISBN: 978-84-08-30929-1
Impreso en España

Biografía

Paulo Coelho, nacido en Río de Janeiro en 1947, trabajó como director y autor de teatro, periodista y compositor antes de dedicarse a los libros. Desde la publicación de su primer libro, *El Peregrino de Compostela*, se han vendido más de 320 millones de ejemplares de sus novelas en todo el mundo. Entre sus mayores éxitos destaca *El Alquimista*, considerado el libro brasileño más vendido de todos los tiempos. Se ha publicado en más de 170 países y traducido a 89 idiomas. Coelho ha recibido destacados honores internacionales, como la prestigiosa distinción Chevalier de l'Ordre National de la Légion d'Honneur del gobierno francés y la Medalla de Oro de Galicia. Desde 2002 es miembro de la Academia Brasileña de las Letras y desde 2007 ejerce como Mensajero de la Paz de las Naciones Unidas.

http://paulocoelhoblog.com

Oh, María, sin pecado concebida,
rogad por nosotros, que recurrimos a Vos. Amén.

He aquí que os di el poder de pisar serpientes...
y nada podrá causaros daño.

Lucas, 10, 19

Para S. T. de L.,
que comenzó a ayudarme sin que yo lo supiera

Prólogo a esta edición

Entré a una habitación pequeña con paredes de ladrillo. Había una cama con una esterilla de goma encima y un aparato con una manivela en la cabecera.

—Así que me va a aplicar la electroterapia —le dije al Dr. Benjamim Gaspar Gomes.

—No se preocupe. Es mucho más traumático verlo que soportarlo. No duele nada —me respondió.

Me tumbé y el enfermero me puso una especie de tubo en la boca para impedir que se me enrollara la lengua. Después me colocó en las sienes dos terminales que parecían auriculares de teléfono.

Estaba mirando el techo medio descascarillado de la habitación cuando oí girar la manivela. En seguida me pareció como si una cortina cayese frente a mis ojos; la visión se me fue concentrando rápidamente en un sólo punto, y todo quedó a oscuras.

El médico tenía razón: no dolía nada.

La escena que acabo de describir no forma parte de mi libro *Veronika decide morir*: la escribí en mi diario, durante mi segundo internamiento en un hospital para enfermos mentales. Corría el año 1966. Brasil comenzaba a vivir el período negro de la dictadura militar (1964-

1989) y, por una reacción natural del mecanismo social, la represión externa empezaba a transformarse en una represión interna.

Por aquel entonces, era inadmisible que las buenas familias de clase media aceptaran que sus hijos o nietos fueran «artistas». En el Brasil de aquella época, esa palabra era sinónimo de homosexual, comunista, drogadicto y vagabundo.

A los 18 años, yo creía que el mundo de mis padres y mi mundo podían convivir de manera pacífica. Hacía lo posible para sacar buenas notas en el colegio jesuita donde estudiaba, trabajaba por las tardes... pero cuando llegaba la noche vivía mi verdadero sueño: «ser artista». Como no sabía exactamente por dónde empezar, la única manera que encontré fue unirme a un grupo de aficionados al teatro. Aunque no me veía como actor profesional, por lo menos estaba entre personas con las que compartía afinidades.

Por desgracia, mis padres no creían en la convivencia de dos mundos extremos. Entonces, al despertarme una hermosa mañana, después de haber llegado una noche a casa borracho, vi que dos enfermeros musculosos me observaban.

—Tendrás que venir con nosotros —me dijo uno de ellos.

Mi madre lloraba; mi padre intentaba esconder sus emociones.

—Es por tu bien —me decía él—. Te van a hacer unos análisis.

Y así fue como comenzó mi peregrinación por los hospitales psiquiátricos. Me internaban, me aplicaban los tratamientos más diversos, yo terminaba huyendo a la primera oportunidad, viajaba hasta que ya no aguantaba más, regresaba a casa de mis padres. Vivíamos un período de luna de miel, yo volvía a la escuela, empezaba a rodearme de gente que mi familia consideraba «malas compañías», y entonces aparecían de nuevo los enfermeros.

En la vida hay ciertas luchas que sólo tienen dos resultados posibles: o nos destruyen, o nos hacen más fuertes. El hospital psiquiátrico fue una de esas luchas.

Cierta noche, mientras conversaba con otro interno, le dije:

—¿Sabes qué? Creo que todo hombre, en algún momento de su vida, sueña con ser presidente de la república. Ni tú ni yo podemos aspirar a eso, porque nuestra biografía no nos lo permitirá.

—Por lo tanto, no tenemos nada que perder —me respondió—. Vamos a hacer todo lo que se nos ocurra.

Sentí que tenía razón. La situación en la que me encontraba era tan inusitada, tan extrema, que traía consigo un aspecto hasta entonces desconocido: la libertad total. El esfuerzo que mis padres habían hecho para que yo fuera igual a todos había dado el resultado opuesto: ahora era una persona completamente distinta a mis compañeros de generación.

Aquella misma noche analicé mi futuro. Una de las alternativas era ser escritor. La otra, que me parecía mucho más viable, era volverme loco del todo. El Estado sustentaría mis gastos y no necesitaría volver a trabajar ni a asumir ninguna responsabilidad. Claro que tendría que pasar muchos días en un sanatorio para enfermos mentales, pero por experiencia propia sabía que los internos no se comportaban como los locos de las películas de Hollywood; a excepción de los casos patológicos de catatonia o esquizofrenia, los demás eran capaces de hablar sobre la vida haciendo apreciaciones de singular originalidad. De vez en cuando tenían ataques de pánico, depresión o agresividad, pero eran pasajeros.

El gran peligro que corrí en el hospital psiquiátrico no fue perder, para siempre, la posibilidad de ser presidente de la república. Tampoco fue el hecho de sentirme marginado o víctima de una injusticia por parte de mi familia, porque en mi corazón entendía perfectamente que las hospitalizaciones eran un acto desesperado de amor, de sobreprotección. El gran peligro que corrí fue considerar que la situación en que me encontraba era normal.

Cuando salí por tercera vez, repitiendo el famoso ciclo de fuga/viaje/vuelta a casa/luna de miel con mi familia/malas compañías/internamiento, ya tenía casi veinte años y me había acostumbrado a ese ritmo. Pero esta vez algo había cambiado.

A pesar de que volví a frecuentar las «malas compañías», mis padres se resistían a ingresarme de nuevo; sin que yo lo supiera, ya se habían convencido de que era un caso perdido y preferían tenerme junto a ellos y mantenerme durante el resto de mi vida.

Yo estaba cada vez peor, más agresivo, y aun así la hospitalización no llegaba. Hubo un período de alegría, cuando procuré ejercer mi supuesta libertad para, por fin, vivir mi vida de «artista». Abandoné el empleo que me habían conseguido, dejé de estudiar, me dediqué en exclusiva al teatro y a los bares de intelectuales. Durante un largo año tan sólo fui lo que quise ser... hasta que la policía política disolvió el grupo de teatro y empezó a controlar los bares, los editores rechazaban todos mis cuentos, ninguna de las chicas que conocía tenía interés en enamorarse de mí porque yo era un joven sin futuro, sin una carrera definida y que ni siquiera había ido a la universidad.

Entonces, una hermosa mañana, decidí destruir mi habitación. Era una manera de decir, sin palabras: «¿Es que no entendéis que yo no puedo estar aquí afuera? ¡No voy a poder trabajar y no voy a llevar a cabo mi sueño! Creo que tenéis toda la razón, ¡estoy loco y quiero volver al manicomio!».

Cuánta ironía nos reserva el destino. Cuando terminé de destruir mi habitación y vi —con alivio— que llamaban por teléfono al hospital psiquiátrico, resultó que el médico que me atendía estaba de vacaciones. Mandaron a un médico sustituto junto con dos enfermeros. El médico me vio sentado en el medio de una pila de libros rotos, discos partidos, cortinas destruidas, y les pidió a mis padres y a los enfermeros que salieran.

—¿Qué es todo esto? —me preguntó.

No le respondí. Un loco debe comportarse como alguien que está ausente de la realidad.

—Déjate de tonterías —me dijo el médico—. He estado leyendo tu historia clínica y de loco no tienes nada. No te voy a internar.

Salió, me recetó unos calmantes y (esto lo supe después) les dijo a mis padres que yo sufría del «síndrome del internamiento»: personas normales que en algún momento han vivido una situación anormal —como depresión, pánico, etc.— y que empiezan a utilizar ese malestar como única alternativa de vida. O sea, que eligen estar enfermos porque ser «normales» da mucho trabajo. Mis padres escucharon el consejo y jamás volvieron a ingresarme.

A partir de entonces, nunca se me volvería a ofrecer el consuelo de la locura. Tuve que lamerme mis propias heridas, perder algunas batallas, ganar otras, desistir muchas veces de mi sueño imposible, aceptar empleos burocráticos, hasta que un día lo dejé todo por enésima vez, me fui de peregrinación a Santiago de Compostela y entendí que no podría negarme para siempre a enfrentarme a mi destino: «Ser artista». En mi caso específico, ser escritor. Entonces, a los treinta y ocho años, decidí escribir mi primer libro, y arriesgarme a la lucha que inconscientemente tanto había temido: luchar por un sueño.

Conseguí un editor, y ese libro —*El peregrino de Compostela*, acerca de mi experiencia en el Camino de Santiago— me llevó a escribir *El alquimista*, que me llevó a escribir otros, que me llevaron a publicar traducciones, que me llevaron a dar conferencias por el mundo entero. A pesar de todos los aplazamientos que le había puesto a mi sueño, ahora veía que no era algo tan imposible, y que el universo siempre conspira a favor de aquellos que luchan por lo que quieren.

En 1997, al final de una extenuante gira promocional por tres continentes, comencé a notar algo muy extraño: aquello que había deseado el día en que destruí mi habitación parecía ser una aspiración colectiva. La gente prefiere vivir en un manicomio inmenso, cumpliendo con religiosidad unas reglas dictadas por váyase a saber quién, en lugar de luchar por el derecho de ser diferente. En un vuelo hacia Tokio, leí en un periódico el siguiente texto: «Según la Oficina de Estadísticas de Canadá, el 40 % de las personas de entre 15 y 34 años, el 33 % de las personas de entre 35 y 54 años, y el 20 % de las personas de entre 55 y 64 años han tenido algún tipo de enfermedad mental. Se cree que uno de cada cinco individuos sufre de algún trastorno psiquiátrico».

Y pensé: Canadá no pasó por una dictadura militar, es considerado el país con mejor calidad de vida del mundo, ¿por qué será que hay tantos locos allí? ¿Por qué no están encerrados?

Esta pregunta me llevó a otra: ¿qué es la locura, exactamente?

Encontré la respuesta para las dos preguntas. La primera: las personas no están en sanatorios porque siguen siendo productivas para la sociedad. Si uno es capaz de llegar al trabajo a las 9:00 y salir a las 17:00, la sociedad no lo considera incapaz. No importa si desde las 17:01 hasta las 08:59 uno permanece en estado catatónico frente al televisor, tiene las fantasías sexuales más pervertidas de Internet, se queda mirando la pared, culpando al mundo y sintiéndose agraviado, tiene pánico de salir a la calle, con demasiada o poca higiene, si sufre de crisis depresivas o llanto compulsivo. Mientras sea capaz de presentarse a trabajar y contribuir a la sociedad, no constituye una amenaza. Uno se transforma en una amenaza sólo cuando el asunto se desmadra y, de golpe, sale a la calle con una ametralladora, entra en un cine donde proyectan una película infantil y mata a quince niños para advertirle al mundo que Tom & Jerry es perjudicial para la educación. Mientras uno no haga eso, está condenado a ser una persona normal.

¿Y la locura? La locura es la incapacidad de comunicarse.

Entre la normalidad y la locura, que en el fondo son la misma cosa, existe un estado intermedio: el «ser diferente». Y la gente tiene cada vez más miedo de «ser diferente». En Japón, después de haber pensado mucho sobre la estadística que acababa de leer, me asaltó la idea de escribir un libro sobre mi propia experiencia. Escribí *Veronika decide morir* en tercera persona, usando mi alterego femenino porque sabía que lo interesante no era mi experiencia de los internamientos, sino los riesgos de ser diferente y el horror de ser igual.

Cuando terminé, fui a hablar con mi padre. Pasado el período difícil de la adolescencia y el inicio de mi juventud, mis padres nunca se perdonaron por lo que me habían hecho. Yo insistía en que tampoco había sido tan grave, y que la cárcel (también estuve preso tres veces, por razones políticas) me había marcado de forma más profunda. Pero mis padres no me creían y vivían culpándose.

—He escrito un libro sobre el hospital psiquiátrico —le dije a mi padre de ochenta y cinco años—. Es un libro de ficción, pero a las dos páginas me pongo a mí mismo como personaje. Voy a hacer públicas mis hospitalizaciones psiquiátricas.

Mi padre me miró directamente a los ojos y me preguntó:

—¿Estás seguro de que no va a perjudicarte?

—Estoy seguro, papá.

—Entonces, adelante. Ya me había cansado de guardar el secreto.

Veronika decide morir se publicó en agosto de 1998 en Brasil. En septiembre, había recibido más de 1.200 correos electrónicos y cartas que me contaban experiencias semejantes. En octubre, algunos de los temas tratados en el libro —depresión, síndrome de pánico, suicidio— fueron discutidos en un seminario de repercusión nacional. El 22 de enero de 1999, el senador Eduardo Suplicy, leyendo extractos de mi libro en una sesión plenaria, consiguió aprobar una ley que llevaba dando vueltas por el Congreso de Brasil desde hacía diez años: la que prohíbe las internaciones hospitalarias arbitrarias.

Paulo Coelho

El día 11 de noviembre de 1997, Veronika decidió que había llegado, por fin, el momento de matarse. Limpió cuidadosamente su cuarto alquilado en un convento de monjas, apagó la calefacción, se cepilló los dientes y se acostó.

De la mesita de noche sacó las cuatro cajas de pastillas para dormir. En vez de juntarlas y diluirlas en agua, resolvió tomarlas una por una, ya que existe gran distancia entre la intención y el acto y ella quería estar libre para arrepentirse a mitad de camino. Sin embargo, a cada comprimido que tragaba se sentía más convencida; al cabo de cinco minutos las cajas estaban vacías.

Como no sabía exactamente cuánto tiempo iba a tardar en perder la conciencia, había dejado encima de la cama una revista francesa, *Homme*, edición de aquel mes, recién llegada a la biblioteca donde trabajaba. Aun cuando no tuviese ningún interés especial por la informática, al hojear la revista había descubierto un artículo sobre un juego de ordenador (CD-ROM le llamaban) creado por Paulo Coelho, un escritor brasileño al que había tenido la oportunidad de conocer en una conferencia en el café del hotel Gran Unión. Ambos habían intercambiado algunas palabras, y ella había terminado siendo convidada por su editor a una cena que se celebraba esa noche. Pero el grupo era grande, y no hubo posibilidad de profundizar en ningún tema.

El hecho de haber conocido al autor, sin embargo, la llevaba a pensar que él formaba parte de su mundo, y leer algo sobre su trabajo podía ayudarla a pasar el tiempo. Mientras esperaba la muerte, Veronika comenzó a leer sobre informática, un tema que no le interesaba en absoluto, y esto armonizaba con todo lo que había hecho durante toda su vida, siempre buscando lo más fácil o lo que se hallara al alcance de la mano. Como aquella revista, por ejemplo.

Para su sorpresa, no obstante, la primera línea del texto la sacó de su pasividad natural (los somníferos aún no se habían disuelto en el estómago, pero Veronika ya era pasiva por naturaleza) e hizo que, por primera vez en su vida, considerase como verdadera una frase que estaba muy de moda entre sus amigos: «nada en este mundo sucede por casualidad».

¿Por qué aquella primera línea, justamente en un momento en que había comenzado a morir? ¿Cuál era el mensaje oculto que tenía ante sus ojos, si es que existen mensajes ocultos en vez de casualidades?

Debajo de una ilustración del tal juego de ordenador, el periodista comenzaba su escrito preguntando: «¿Dónde está Eslovenia?»

«Nadie sabe dónde está Eslovenia —pensó—. No tienen idea.»

Pero aun así Eslovenia existía, y estaba allí afuera,

allí dentro, en las montañas que la rodeaban y en la plaza delante de sus ojos: Eslovenia era su país.

Apartó la revista: no le interesaba ahora indignarse con un mundo que ignoraba por completo la existencia de los eslovenos; el honor de su nación ya no le inspiraba respeto. Había llegado la hora de tener orgullo de sí misma, de saber que había sido capaz, que finalmente había tenido valor y estaba dejando esta vida. ¡Qué alegría! Y estaba haciendo eso tal como siempre lo había soñado: mediante comprimidos, que no dejan marcas.

Veronika había estado buscándolos durante casi seis meses. Pensando que nunca lograría conseguirlos, había llegado a pensar en la posibilidad de cortarse las venas, a pesar de saber que terminaría llenando el cuarto de sangre, dejando a las monjas confusas y preocupadas. Un suicidio exige que las personas piensen primero en sí mismas, y después en los demás. Estaba dispuesta a hacer todo lo posible para que su muerte no causara mucho trastorno, pero si cortarse las venas era la única posibilidad, entonces, lo siento, las hermanas que limpiaran el cuarto y se olvidaran pronto del asunto, o si no tendrían dificultades para alquilarlo de nuevo; al fin y al cabo, incluso a fines del siglo XX, las personas aún creían en fantasmas.

Es verdad que ella también podía tirarse desde uno de los pocos edificios altos de Ljubljana pero ¿y el sufrimiento enorme que tal actitud terminaría causando a sus padres? Además del impacto de descubrir que la hija había muerto, estarían obligados a identificar un cuerpo desfigurado: no, ésta era una solución peor que la de sangrar hasta morir, pues dejaría marcas indelebles en personas que sólo querían su bien.

«Terminarán admitiendo la muerte de la hija. Pero un cráneo reventado debe de ser imposible de olvidar.»

Dispararse un tiro, lanzarse al vacío, ahorcarse, nada de eso estaba en consonancia con su naturaleza femenina. Las mujeres, cuando se suicidan, eligen medios mucho más románticos, como cortarse las venas o ingerir una sobredosis de somníferos. Las princesas abandonadas y las actrices de Hollywood habían dado diversos ejemplos a este respecto.

Veronika sabía que la vida era una cuestión de esperar siempre la hora adecuada para actuar. Y así fue: dos amigos suyos, compadecidos por sus quejas de que no podía dormir, habían conseguido —cada uno por su cuenta— dos cajas de una droga poderosa que era utilizada por los músicos de un club nocturno local. Veronika había dejado las cuatro cajas en su mesita de noche durante una semana, flirteando con la muerte que se aproximaba, y despidiéndose, sin ningún sentimentalismo, de aquello a lo que llamaban Vida.

Ahora estaba allí, contenta por haber ido hasta el final, y aburrida porque no sabía qué hacer con el poco tiempo que le restaba.

Volvió a pensar en el absurdo que acababa de leer: cómo era posible que un artículo sobre un ordenador pudiera comenzar con una frase tan idiota: «¿Dónde está Eslovenia?»

Como no encontró nada más interesante en que preocuparse, decidió leer el artículo hasta el final, y descubrió la causa: el tal juego había sido producido en Eslovenia —ese extraño país que nadie parecía saber dónde estaba, excepto quienes vivían en él— por causa de la mano de obra más barata. Unos meses atrás, al lanzarlo al mercado, la productora francesa había dado una fiesta para periodistas de todo el mundo, en un castillo en Vled.

Veronika recordó haber oído algo en relación con esa fiesta, que había sido un acontecimiento especial en la ciudad, no sólo por el hecho de haberse redecorado el castillo para acercarse al máximo al ambiente medieval del CD-ROM, sino también por la polémica que le siguió en la prensa local: había periodistas alemanes, franceses, ingleses, italianos, españoles..., pero ningún esloveno había sido convidado.

El articulista de *Homme*, que había venido a Eslovenia por primera vez, seguramente con todo pagado y decidido a pasar su tiempo halagando a otros periodistas, diciendo cosas supuestamente interesantes, comiendo y bebiendo gratis en el castillo, había decidido empezar su artículo haciendo un chiste que debía de agradar mucho a los sofisticados intelectuales de su país. Inclusive debía de haber contado a sus amigos de redacción algunas historias falsas sobre las costumbres locales, o sobre la manera poco elegante de vestirse de las mujeres eslovenas.

Problema de él. Veronika se estaba muriendo, y sus preocupaciones debían ser otras, como saber si existe vida después de la muerte, o a qué hora encontrarían su cuerpo. Aun así, o tal vez justamente por causa de eso, de la importante decisión que había tomado, aquel artículo la estaba molestando.

Miró por la ventana del convento que daba a la pequeña plaza de Ljubljana. «Si no saben dónde está Eslovenia, Ljubljana debe de ser un mito», pensó. Como la Atlántida, o Lemuria, o los continentes perdidos que pueblan la imaginación de los hombres. Nadie empezaría un artículo, en ningún lugar del mundo, preguntando dónde estaba el monte Everest, aun cuando nunca hubiese estado allí. Y sin embargo, en plena Europa, un periodista de una revista importante no se avergonzaba de hacer una pregunta de esa clase, porque sabía que la mayor parte de sus lectores desconocía dónde estaba Eslovenia. Y más aún Ljubljana, su capital.

Fue entonces cuando Veronika descubrió una manera de pasar el tiempo, ya que habían transcurrido diez minutos y aún no notaba ninguna diferencia en su organismo. El último acto de su vida iba a ser una carta para aquella revista, explicando que Eslovenia era una de las cinco repúblicas resultantes de la división de la antigua Yugoslavia.

Dejaría la carta con su nota de suicidio. De paso, no daría ninguna explicación sobre los verdaderos motivos de su muerte.

Cuando encontraran su cuerpo, concluirían que se había suicidado porque una revista no sabía dónde estaba su país. Se rió ante la idea de ver una polémica en los diarios, con gente de acuerdo o en desacuerdo con su suicidio en honor a la causa nacional. Y se quedó impresionada al reflexionar sobre la rapidez con que había cambiado de idea, ya que momentos antes pensaba exactamente lo opuesto: que el mundo y los problemas geográficos ya no le importaban nada.

Escribió la carta. El momento de buen humor hizo que tuviera otros pensamientos respecto a la necesidad de morir, pero ya se había tomado las pastillas y era demasiado tarde para arrepentirse.

De cualquier manera, ya había tenido momentos de buen humor como ése, y no se estaba suicidando porque fuera una mujer triste y amargada que viviera víctima de una constante depresión. Había pasado muchas tardes de su vida recorriendo despreocupada las calles de Ljubljana o mirando, desde la ventana de su cuarto en el convento, la nieve que caía en la pequeña plaza donde se hallaba emplazada la estatua del poeta. Cierta vez se había quedado casi un mes flotando en las nubes porque un hombre desconocido, en el centro de aquella misma plaza, le había dado una flor.

Se consideraba una persona perfectamente normal. Su decisión de morir se debía a dos razones muy simples, y estaba segura de que si dejaba una nota explicándolas, mucha gente la comprendería.

La primera razón: todo en su vida era igual y, una vez pasada la juventud, vendría la decadencia, la vejez le dejaría marcas irreversibles, llegarían las enfermedades y se alejarían los amigos. En fin, continuar viviendo no añadía nada; al contrario, las posibilidades de sufrimiento se incrementaban notablemente.

La segunda razón era más filosófica: Veronika leía la prensa, miraba la televisión, estaba informada de lo que pasaba en el mundo. Todo estaba mal, y a ella le era imposible remediar aquella situación, lo que le daba una sensación de inutilidad total.

Dentro de poco, sin embargo, tendría la última experiencia de su vida, y ésta prometía ser muy diferente: la muerte. Escribió la carta para la revista, dejó el asunto a un lado, y se concentró en cosas más importantes y más propias de lo que estaba viviendo —o muriendo— en aquel minuto.

Procuró imaginar cómo sería morir, pero no consiguió llegar a ningún resultado.

De cualquier manera, no tenía que preocuparse por eso, pues lo sabría en pocos minutos.

¿Cuántos minutos?

No tenía idea. Pero le encantaba pensar que iba a conocer la respuesta a lo que todos se preguntaban: ¿Dios existe?

Al contrario de mucha gente, ésta no había sido la gran discusión interior de su vida. En el antiguo régimen comunista, la educación oficial afirmaba que la vida acababa con la muerte, y ella terminó acostumbrándose a la idea. Por otro lado, la generación de sus padres y de sus abuelos aún asistía a la iglesia, solía orar y hacer peregrinaciones y estaba absolutamente convencida de que Dios prestaba atención a todo lo que le confiaban.

A los veinticuatro años, después de haber vivido todo lo que le había sido permitido vivir —y hay que reconocer que no fue poco—, Veronika tenía casi la certeza absoluta de que todo acababa con la muerte. Por eso había escogido el suicidio: la libertad, por fin. El olvido para siempre.

En el fondo de su corazón quedaba la duda: ¿y si Dios existe? Miles de años de civilización hacían del suicidio un tabú, una afrenta a todos los códigos religiosos: el hombre lucha para sobrevivir, y no para entregarse. La raza humana debe procrear. La sociedad precisa de mano de obra. Una pareja necesita una razón para continuar unida, incluso después de que el amor se extinga, y un país requiere de soldados, políticos y artistas.

«Si Dios existe, lo que yo sinceramente no creo, sabrá que el entendimiento del hombre tiene un límite. Fue Él quien creó este caos, donde reinan la miseria, la injusticia, la codicia, la soledad. Su intención debe de haber sido excelente, pero los resultados son nefastos. Si Dios existe, Él será generoso con las criaturas que deseen alejarse más pronto de esta Tierra, y puede ser que hasta llegue a pedir disculpas por habernos obligado a pasar por aquí.»

Que se fueran al diablo los tabús y las supersticiones. Su religiosa madre le decía: Dios conoce el pasado, el presente y el futuro. En este caso, ya la había colocado en este mundo con plena conciencia de que ella terminaría suicidándose, y no se sorprendería por su gesto.

Veronika comenzó a sentir un leve mareo, que fue creciendo rápidamente.

A los pocos minutos ya no podía centrar su atención en la plaza que se extendía ante su ventana. Sabía que era invierno, debían de ser alrededor de las cuatro de la tarde, y el sol se estaba poniendo rápidamente. Sabía que otras personas continuarían viviendo; en ese momento, un muchacho que pasaba frente a su ventana la miró, sin, no obstante, tener la menor idea de que ella estaba a punto de morir. Un grupo de músicos bolivianos (¿dónde está Bolivia?; ¿por qué los artículos de las revistas no preguntan eso?) tocaba delante de la estatua de Francè Prešeren, el gran poeta esloveno que marcara profundamente el alma de su pueblo.

¿Llegaría a poder escuchar hasta el fin la música que provenía de la plaza? Sería un bello recuerdo de esta vida: el atardecer, la melodía que contaba los sueños del otro lado del mundo, el cuarto templado y acogedor; el muchacho guapo y lleno de vida que había pasado, había decidido detenerse y ahora se dirigía hacia ella. Como se daba cuenta de que las pastillas ya estaban haciendo efecto, él sería, con toda seguridad, la última persona que vería.

Él sonrió. Ella retribuyó la sonrisa: no tenía nada que perder. Él la saludó con la mano; ella decidió fingir que estaba mirando otra cosa, al fin y al cabo el muchacho estaba queriendo ir demasiado lejos. Desconcertado, él continuó su camino, olvidando para siempre aquel rostro en la ventana.

Pero Veronika se quedó satisfecha de haber sido deseada una vez más. No era por ausencia de amor por lo que se estaba suicidando. No era por falta de cariño de su familia, ni problemas financieros, o por una enfermedad incurable.

Veronika había decidido morir aquella bonita tarde de Ljubljana, con músicos bolivianos tocando en la plaza, con un joven pasando frente a su ventana, y estaba contenta con lo que sus ojos veían y sus oídos escuchaban. Pero aún estaba más contenta de no tener que contemplar aquellas mismas cosas durante treinta, cuarenta o cincuenta años más, pues irían perdiendo toda su originalidad al estar inmersas en la tragedia de una vida donde todo se repite, y el día anterior es siempre igual al siguiente.

El estómago, ahora, empezaba a dar vueltas y ella se sentía muy mal. «Qué gracia; pensé que una sobredosis de tranquilizantes me haría dormir inmediatamente.»

Pero lo que le sucedía era un extraño zumbido en los oídos y la sensación de vómito.

«Si vomito, no moriré.»

Decidió olvidar los cólicos, procurando concentrarse en la noche que caía con rapidez, en los bolivianos, en las personas que comenzaban a cerrar sus tiendas y salir. El ruido en el oído se hacía cada vez más agudo y, por primera vez desde que había ingerido las pastillas, Veronika sintió miedo, un miedo terrible ante lo desconocido.

Pero fue rápido. En seguida perdió la conciencia.

Cuando abrió los ojos, Veronika no pensó «esto debe de ser el cielo». En el cielo jamás se utilizaría una lámpara fluorescente para iluminar el ambiente, y el dolor (que apareció una fracción de segundo después) era típico de la Tierra. ¡Ah, este dolor de la Tierra! Es único, no puede ser confundido con nada.

Quiso moverse, y el dolor aumentó. Aparecieron una serie de puntos luminosos, y aun así Veronika continuó entendiendo que aquellos puntos no eran estrellas del Paraíso, sino consecuencia de su intenso sufrimiento.

—Has recuperado la conciencia —declaró una voz de mujer—. Ahora estás con los dos pies en el infierno, aprovecha.

No, no podía ser; aquella voz la estaba engañando. No era el infierno, porque sentía mucho frío, y notaba que tubos de plástico salían de su boca y de su nariz. Uno de estos tubos —el introducido por su garganta hasta el fondo— era el que le producía la sensación de ahogo.

Quiso moverse para retirarlo, pero los brazos estaban atados.

—Estoy bromeando, no es el infierno —continuó la

voz—. Es peor que el infierno donde, además, yo nunca estuve. Es Villete.

A pesar del dolor y de la sensación de sofocamiento, Veronika, en una fracción de segundo, entendió lo que había pasado. Había intentado suicidarse y alguien había llegado a tiempo para salvarla. Podía haber sido una monja, una amiga que la hubiera ido a visitar sin avisar, o alguien que se acordó de entregar algo que ella ya había olvidado haber pedido. El hecho es que había sobrevivido y estaba en Villete.

Villete, el famoso y temido manicomio que existía desde 1991, año de la independencia del país. En aquella época, creyendo que la división de Yugoslavia se produciría de forma pacífica (al fin y al cabo, Eslovenia enfrentó apenas once días de guerra), un grupo de empresarios europeos consiguió licencia para instalar un hospital para enfermos mentales en un antiguo cuartel, abandonado por causa de los altos costes de mantenimiento.

Lentamente, sin embargo, las guerras comenzaron: primero fue Croacia, después Bosnia. Los empresarios se preocuparon: el dinero para la inversión provenía de capitalistas esparcidos por diversas partes del mundo, cuyos nombres ni sabían, de modo que era imposible sentarse ante ellos, dar algunas disculpas y pedirles que tuvieran paciencia. Resolvieron el problema adoptando prácticas nada recomendables para un asilo psiquiátrico, y Villete pasó a simbolizar para la joven nación, que acababa de salir de un comunismo tolerante, lo que había de peor en el capitalismo: bastaba pagar para conseguir una plaza.

Muchas personas, cuando querían desembarazarse de algún miembro de la familia por causa de desacuerdos en torno a una herencia (o de algún comportamiento inconveniente), gastaban una fortuna y conseguían un certificado médico que permitía el internamiento de los hijos o los padres que eran fuente de problemas. Otros, para huir de deudas o justificar ciertas actitudes que podían acarrear largas estancias en prisión, pasaban algún tiempo en el asilo y salían libres de cualquier peligro de proceso judicial.

Villete, el lugar de donde nadie jamás había huido. Que mezclaba a los verdaderos locos —enviados allí por la justicia o por otros hospitales— con aquellos que eran acusados de locura, o la fingían. El resultado era una verdadera confusión, y la prensa a cada momento publicaba historias de malos tratos y abusos, aun cuando jamás tuviera permiso para entrar a ver lo que estaba sucediendo. El gobierno investigaba las denuncias, no conseguía pruebas, los accionistas amenazaban con propagar que era difícil hacer inversiones externas en el país y la institución conseguía mantenerse en pie, cada vez más fuerte.

—Mi tía se suicidó hace pocos meses —continuó la voz femenina—. Había pasado casi ocho años sin ganas de salir de su cuarto, comiendo, engordando, fumando, tomando calmantes y durmiendo la mayor parte de su tiempo. Tenía dos hijas y un marido que la amaba.

Veronika intentó mover su cabeza en dirección a la voz, pero era imposible.

—Tan sólo la vi reaccionar una sola vez: cuando el marido encontró una amante. Entonces ella armó escándalos, perdió peso, rompió vasos y durante semanas enteras no dejó dormir a los vecinos con sus gritos. Por más extraño que parezca, creo que fue su época más feliz: estaba luchando por algo, se sentía viva y capaz de reaccionar ante el desafío que se le presentaba.

«¿Y qué tengo yo que ver con todo eso? —pensaba Veronika, incapaz de decir algo—. ¡Yo no soy su tía, ni tengo marido!»

—El marido terminó dejando a la amante —prosiguió la mujer—. Mi tía, poco a poco, volvió a su pasividad habitual. Un día me telefoneó diciendo que estaba dispuesta a cambiar de vida: había dejado de fumar. La misma semana, después de aumentar la cantidad de tranquilizantes a causa de la abstinencia de tabaco, avisó a todos de que estaba dispuesta a suicidarse.

Nadie le creyó. Una mañana me dejó un recado en el contestador automático, despidiéndose, y se mató con gas. Yo escuché ese mensaje varias veces: nunca había oído una voz más tranquila, más conforme con su propio destino. Decía que no era feliz ni infeliz, y que por eso no aguantaba más.

Veronika sintió compasión por aquella mujer que contaba la historia y que parecía intentar comprender la muerte de la tía. ¿Cómo juzgar, en un mundo donde se intenta sobrevivir a cualquier precio, a aquellas personas que deciden morir?

Nadie puede juzgar. Sólo uno sabe la dimensión de su propio sufrimiento, o de la ausencia total de sentido de su vida. Veronika quería explicar eso, pero el tubo de su boca la hizo atragantarse, y la mujer vino en su auxilio.

La vio reclinada sobre su cuerpo inmovilizado, entubado, protegido en contra de su voluntad y de su libre arbitrio de destruirlo. Movió la cabeza de un lado al otro, implorando con sus ojos para que le sacaran aquel tubo y la dejasen morir en paz.

—Estás nerviosa —dijo la mujer—. No sé si estás arrepentida o si aún quieres morir, pero no me interesa. Lo que me preocupa es cumplir con mi función: si el paciente se muestra agitado, el reglamento exige que se le proporcione un sedante.

Veronika cesó de debatirse, pero la enfermera ya le estaba aplicando una inyección en el brazo. Al poco tiempo había regresado a un mundo extraño, sin sueños, donde la única cosa que recordaba era el rostro de la mujer que acababa de ver: ojos verdes, cabello castaño y un aire totalmente distante, el aire de quien hace las cosas porque tiene que hacerlas, sin preguntar jamás por qué el reglamento manda esto o aquello.

Paulo Coelho conoció la historia de Veronika tres meses después, cuando cenaba en un restaurante argelino en París con una amiga eslovena, que también se llamaba Veronika y era hija del médico responsable de Villete.

Más tarde, cuando decidió escribir un libro sobre el asunto, pensó en cambiar el nombre de Veronika, su amiga, para no confundir al lector. Pensó en llamarla Blaska, o Edwina, o Marietzja, o cualquier otro nombre esloveno, pero acabó decidiendo que mantendría los nombres reales. Cuando se refiriese a Veronika, su amiga, la llamaría «Veronika, la amiga». En cuanto a la otra Veronika, no necesitaba adjetivarla de ninguna manera puesto que sería el personaje central del libro, y las personas se cansarían de leer siempre «Veronika, la loca» o «Veronika, la que había intentado suicidarse». De cualquier manera, tanto él como Veronika, la amiga, iban a entrar en la historia apenas un pequeño trecho: éste.

Veronika, la amiga, estaba horrorizada con lo que su padre había hecho, principalmente tomando en cuenta que él era el director de una institución que quería ser respetada y trabajaba en una tesis que tenía que ser sometida al examen de una comunidad académica convencional.

—¿Sabes de dónde viene la palabra asilo? —preguntaba ella—. Viene de la Edad Media, del derecho que las personas tenían de buscar refugio en iglesias, lugares sagrados. ¡Derecho de asilo, una cosa que cualquier persona civilizada entiende! Entonces ¿cómo es que mi padre, director de un asilo, pudo actuar de esa manera con alguien?

Paulo Coelho quiso saber en detalle todo lo que había pasado, porque tenía un excelente motivo para interesarse por la historia de Veronika.

Y el motivo era el siguiente: él también había sido internado en un asilo, o manicomio, como era más conocido este tipo de hospital. Y esto había sucedido no solamente una vez, sino tres, en los años 1965, 1966 y 1967. El lugar de su internamiento fue la Casa de Salud del Doctor Eiras, en Río de Janeiro.

La causa de su internamiento era, hasta hoy, desconocida para él mismo: tal vez sus padres estuvieran confundidos por su comportamiento diferente, entre tímido y extravertido, o tal vez fuera su deseo de ser artista, algo que todos en la familia consideraban como la mejor manera de vivir en la marginalidad y morir en la miseria.

Cuando pensaba en el hecho —y hay que decir, de paso, que raramente lo hacía—, él consideraba que el auténtico demente era el médico que aceptó internarlo sin ningún motivo concreto. (Como sucede en cualquier familia, la tendencia es siempre culpar a los otros y afirmar a pies juntillas que los padres no sabían lo que estaban haciendo cuando tomaron una decisión tan drástica.)

Paulo se rió al enterarse de la extraña carta que Veronika había escrito a la prensa, protestando de que una importante revista francesa ni siquiera supiese dónde estaba Eslovenia.

—Nadie se mata por eso.

—Por esta razón, la carta no tuvo efecto alguno —repuso, molesta, Veronika, la amiga—. Ayer mismo, al registrarme en el hotel, creían que Eslovenia era una ciudad de Alemania.

Era una historia muy corriente, pensó él, ya que muchos extranjeros consideran la ciudad argentina de Buenos Aires como la capital de Brasil.

Pero, además del hecho de vivir en un país en el que los extranjeros, alegremente, venían a felicitarlo por la belleza de la capital (que estaba en el país vecino), Paulo Coelho tenía en común con Veronika el hecho que ya fue descrito aquí pero que siempre conviene recordar: también había sido internado en un sanatorio para enfermos mentales, «de donde nunca debió haber salido», como comentó cierta vez su primera mujer.

Pero salió. Y cuando dejó la Casa de Salud del Doctor Eiras por última vez, decidido a nunca más volver allá, hizo dos promesas: a) juró que escribiría sobre el asunto; b) juró esperar a que sus padres muriesen antes de hacerlo público porque no quería herirlos, ya que los dos habían pasado muchos años de sus vidas culpándose por lo que habían hecho.

Su madre murió en 1993. Pero su padre, que en 1997 había cumplido ochenta y cuatro años, a pesar de tener enfisema pulmonar sin nunca haber fumado, a pesar de alimentarse con comida congelada porque no conseguía tener una asistenta que controlara sus manías, continuaba vivo, en pleno gozo de sus facultades mentales y de su salud.

De modo que, al oír la historia de Veronika, él descubrió la manera de hablar sobre el tema sin faltar a su promesa. Aunque nunca hubiera pensado en el suicidio, conocía íntimamente el universo de un asilo: los tratamientos, las relaciones entre médicos y pacientes, el consuelo y la angustia de estar en un lugar como aquél.

Entonces dejemos a Paulo Coelho y Veronika, la amiga, salir definitivamente de este libro, y continuemos el relato.

Veronika no sabe cuánto tiempo estuvo durmiendo. Recordaba haberse despertado en algún momento, aún con los aparatos de supervivencia en su boca y su nariz, al oír una voz que le decía:

—¿Quieres que te masturbe?

Pero ahora, con los ojos bien abiertos y mirando la habitación a su alrededor, no sabía si aquello había sido real o una alucinación. Aparte de esto, no conseguía recordar nada, absolutamente nada.

Le habían retirado los tubos, pero continuaba con agujas clavadas por todo el cuerpo, cables conectados en la zona del corazón y de la cabeza, y los brazos atados. Estaba desnuda, cubierta apenas por una sábana, y sentía frío, pero decidió no quejarse. El pequeño ambiente, rodeado de cortinas verdes, estaba ocupado por las máquinas de la unidad de tratamiento intensivo, la cama donde estaba acostada y una silla blanca, con una enfermera sentada entretenida en la lectura de un libro.

La mujer, esta vez, tenía ojos oscuros y cabellos castaños. Aun así, Veronika se quedó con la duda de si era la misma persona con quien había conversado horas —¿o días?— antes.

—¿Puede desatarme los brazos?

La enfermera levantó los ojos, respondió con un seco «no» y volvió al libro.

Estoy viva, pensó Veronika. Va a empezar todo otra vez. Tendré que pasar un tiempo aquí dentro, hasta que comprueben que soy perfectamente normal. Después me darán de alta, y volveré a ver las calles de Ljubljana, su plaza redonda, los puentes, las personas que pasan por las calles yendo y volviendo del trabajo.

Como las personas siempre tienden a ayudar a las otras —sólo para sentirse mejores de lo que realmente son—, me volverán a emplear en la biblioteca. Con el tiempo, volveré a frecuentar los mismos bares y discotecas, conversaré con mis amigos sobre las injusticias y los problemas del mundo, iré al cine, pasearé por el lago.

Dado que elegí las pastillas, no he estropeado mi físico en absoluto: continúo siendo joven, bonita, inteligente, y no tendré —como nunca tuve— dificultades para conseguir novio. Haré el amor con él en su casa, o en el bosque, obtendré un cierto placer, pero después del orgasmo la sensación de vacío volverá. Ya no tendremos mucho sobre lo que conversar, y tanto él como yo lo sabemos: llega el momento de darnos una disculpa mutua («es tarde» o «mañana tengo que levantarme temprano») y partiremos lo más rápidamente posible, evitando mirarnos a los ojos.

Yo vuelvo a mi cuarto alquilado en el convento. Intento leer un libro, enciendo el televisor para ver los mismos programas de siempre, coloco el despertador para despertarme exactamente a la misma hora que el día anterior, repito mecánicamente las tareas que me son confiadas en la biblioteca. Como el sándwich en el jardín frente al teatro sentada en el mismo banco, junto con otras personas que también escogen los mismos bancos para almorzar, que tienen la misma mirada vacía, pero fingen estar ocupadas con cosas importantísimas.

Después vuelvo al trabajo, escucho algunos comentarios sobre quién está saliendo con quién, quién está sufriendo tal cosa, cómo tal persona lloró por culpa del marido, y me quedo con la sensación de que soy bonita, tengo empleo y consigo el amante que quiero. Después regreso a los bares hacia el fin del día y después todo vuelve a empezar.

Mi madre (que debe de estar preocupadísima por mi intento de suicidio) se recuperará del susto y continuará preguntándome qué voy a hacer de mi vida, porque no soy igual a las otras personas, ya que, al fin y al cabo, las cosas no son tan complicadas como yo pienso que son. «Fíjate en mí, por ejemplo, que llevo años casada con tu padre y procuré darte la mejor educación y los mejores ejemplos posibles.»

Un día me canso de oírle repetir siempre lo mismo y, para contentarla, me caso con un hombre a quien yo misma me impongo amar. Ambos terminaremos encontrando una manera de soñar juntos con nuestro futuro, la casa de campo, los hijos, el futuro de nuestros hijos. Haremos mucho el amor el primer año, menos el segundo, a partir del tercero quizás pensaremos en el sexo una vez cada quince días y transformaremos ese pensamiento en acción apenas una vez al mes. Y, peor que eso, apenas hablaremos. Yo me esforzaré por aceptar la situación, y me preguntaré en qué he fallado, ya que no consigo interesarlo, no me presta la menor atención y vive hablando de sus amigos como si fuesen realmente su mundo.

Cuando el matrimonio esté apenas sostenido por un hilo, me quedaré embarazada. Tendremos un hijo, pasaremos algún tiempo más próximos uno del otro y pronto la situación volverá a ser como antes.

Entonces empezaré a engordar como la tía de la enfermera de ayer, o de días atrás, no sé bien. Y empezaré a hacer régimen, sistemáticamente derrotada cada día, cada semana, por el peso que insiste en aumentar a pesar de todo el control. A estas alturas, tomaré algunas drogas mágicas para no caer en la depresión y tendré algunos hijos en noches de amor que pasan demasiado de prisa. Diré a todos que los hijos son la razón de mi vida, pero, en verdad, ellos exigen mi vida como razón.

La gente nos considerará siempre una pareja feliz y nadie sabrá lo que existe de soledad, de amargura, de renuncia, detrás de toda esa apariencia de felicidad.

Hasta que un día, cuando mi marido tenga su primera amante, yo tal vez protagonice un escándalo como la tía de la enfermera, o piense nuevamente en suicidarme. Pero entonces ya seré vieja y cobarde, con dos o tres hijos que necesitan mi ayuda, y debo educarlos, colocarlos en el mundo, antes de ser capaz de abandonar todo. Yo no me suicidaré: haré un escándalo, amenazaré con irme con los niños. Él, como todos los hombres, retrocederá, dirá que me ama y que aquello no volverá a repetirse. Nunca se le pasará por la cabeza que, si yo resolviese realmente irme, la única elección posible sería la casa de mis padres, y quedarme allí el resto de la vida teniendo que escuchar todos los días a mi madre lamentándose porque perdí una oportunidad única de ser feliz, que él era un excelente marido a pesar de sus pequeños defectos y que mis hijos sufrirán mucho por causa de la separación.

Dos o tres años después, otra mujer aparecerá en su vida. Yo lo descubriré (porque lo veré o porque alguien me lo contará), pero esta vez fingiré ignorarlo. Gasté toda mi energía luchando contra la amante anterior, no sobró nada, es mejor aceptar la vida tal como es en realidad y no como yo la imaginaba. Mi madre tenía razón.

Él seguirá siendo amable conmigo, yo continuaré mi trabajo en la biblioteca, con mis sándwiches en la plaza del teatro, mis libros que nunca consigo terminar de leer, los programas de televisión que continuarán siendo los mismos de aquí a diez, veinte o cincuenta años.

Sólo que comeré los sándwiches con sentimiento de culpa, porque estoy engordando; y ya no iré a bares, porque tengo un marido que me espera en casa para cuidar a los hijos.

A partir de ahí, todo se reduce a esperar a que los chicos crezcan y pensar todos los días en el suicidio, sin valor para llevarlo a cabo. Un buen día, llego a la conclusión de que la vida es así, de que es inútil rebelarse, de que nada cambiará. Y me conformo.

Veronika concluyó su monólogo interior, y se hizo a sí misma una promesa: no saldría de Villete con vida. Era mejor acabar con todo ahora, mientras aún tuviera valor y salud para morir.

Se durmió y despertó varias veces, notando que el número de aparatos a su alrededor disminuía, el calor de su cuerpo aumentaba y las enfermeras cambiaban de rostro, pero siempre había alguien al lado de ella. Las cortinas verdes dejaban pasar el sonido de alguien llorando, gemidos de dolor, o voces que susurraban cosas en tono calmo y profesional. De vez en cuando se oía el zumbido distante de un aparato, y ella escuchaba pasos apresurados en el corredor. En esos momentos las voces perdían su tono profesional y tranquilo y pasaban a ser tensas, dando órdenes rápidas.

En uno de sus momentos de lucidez, una enfermera le preguntó:

—¿No quiere saber su estado?

—Ya sé cuál es —respondió Veronika—. Y no es el que está viendo en mi cuerpo; es el que está sucediendo en mi alma.

La enfermera aún intentó conversar un poco, pero Veronika fingió que dormía.

Por primera vez, cuando abrió los ojos se dio cuenta de que había cambiado de lugar: estaba en lo que parecía ser una gran enfermería. La aguja de un frasco de suero aún continuaba clavada en su brazo, pero todos los otros cables y agujas habían sido retirados.

Un médico alto, cuya tradicional ropa blanca contrastaba con los cabellos y el bigote artificialmente teñidos de negro, se encontraba de pie, frente a su cama. A su lado, un joven practicante sostenía una carpeta y tomaba notas.

—¿Cuánto tiempo llevo aquí? —preguntó Veronika, notando que hablaba con cierta dificultad, sin conseguir pronunciar bien las palabras.

—Dos semanas en esta habitación después de cinco días en la unidad de emergencia —replicó el mayor de los hombres—. Y dé gracias a Dios por estar aún aquí.

El más joven pareció sorprendido, como si esta última frase no estuviese en consonancia con la realidad. Veronika, de inmediato, notó su reacción y su instinto se alertó: ¿había estado más tiempo? ¿Aún corría algún riesgo? Empezó a prestar atención a cada gesto, a cada movimiento de ambos; sabía que era inútil hacer preguntas, ellos jamás le dirían la verdad, pero, si era lista, podría entender lo que estaba sucediendo.

—Díganos su nombre, dirección, estado civil y fecha de nacimiento —continuó el hombre mayor.

Veronika sabía su nombre, su estado civil y su fecha de nacimiento, pero advirtió que había espacios en blanco en su memoria: no conseguía acordarse bien de su dirección.

El médico colocó una linterna ante sus ojos y los examinó prolongadamente, en silencio. El más joven hizo lo mismo. Los dos intercambiaron miradas que no significaban absolutamente nada.

—¿Usted dijo a la enfermera de noche que no sabíamos ver su alma? —preguntó el más joven.

Veronika no se acordaba. Tenía dificultades para saber bien quién era y qué estaba haciendo allí.

—Usted ha sido constantemente inducida al sueño a través de calmantes, y eso puede afectar un poco su memoria. Por favor, intente responder a todo lo que le preguntamos.

Y los médicos empezaron un cuestionario absurdo, queriendo saber cuáles eran los periódicos más importantes de Ljubljana, quién era el poeta cuya estatua está en la plaza principal (¡ah, de eso ella no se olvidaría nunca, todo esloveno tiene la imagen de Prešeren grabada en su alma!), el color de cabello de su madre, el nombre de los amigos del trabajo, los libros más solicitados en la biblioteca.

Al principio, Veronika pensó en no responder; su memoria continuaba confusa. Pero, a medida que el cuestionario avanzaba, ella iba reconstruyendo lo que había olvidado. En determinado momento se acordó de que en esos instantes se hallaba internada en un manicomio, y los locos no tienen ninguna obligación de ser coherentes; pero, para su propio bien, y para mantener a los médicos cerca a fin de ver si conseguía descubrir algo más respecto a su estado, ella comenzó a hacer un esfuerzo mental. A medida que citaba los nombres y hechos, no sólo recuperaba su memoria, sino también su personalidad, sus deseos, su manera de ver la vida. La idea del suicidio, que aquella mañana parecía enterrada bajo varias oleadas de sedantes, volvía nuevamente a aflorar.

—Está bien —dijo el médico mayor al final del cuestionario.

—¿Cuánto tiempo me tendré que quedar aún aquí?

El más joven bajó la mirada, y ella sintió que todo quedaba suspendido en el aire, como si, a partir de la respuesta a aquella pregunta, fuera a quedar escrita una nueva historia de su vida, que nadie más conseguiría modificar.

—Puede decírselo —comentó el mayor—. Muchos otros pacientes ya oyeron los rumores y ella acabará sabiéndolo de todos modos; es imposible tener secretos en este lugar.

—Bien, fue usted quien determinó su propio destino —suspiró el joven, midiendo cada palabra—, así que debe saber las consecuencias de su acto: durante el coma provocado por los narcóticos, su corazón quedó irremediablemente afectado. Se produjo una necrosis en el ventrículo...

—Simplifique —dijo el médico mayor—. Vaya directo a lo que interesa.

—Su corazón quedó irremediablemente afectado. Y dejará de latir en breve.

—¿Qué quiere decir con eso? —preguntó Veronika, alarmada.

—El hecho de que el corazón deje de latir significa tan sólo una cosa: muerte física. No sé cuáles son sus creencias religiosas, pero...

—¿Y dentro de cuánto tiempo se parará? —le interrumpió Veronika.

—Unos cinco días. Una semana como máximo.

Veronika se dio cuenta de que, por detrás de la apariencia y del comportamiento profesional, tras el aire de preocupación, aquel joven estaba sintiendo un inmenso placer al dar la noticia. Como si ella mereciese el castigo y sirviera de ejemplo a los otros.

En el curso de su vida, Veronika había advertido que un gran número de personas que ella conocía comentaban los horrores de la vida ajena como si estuviesen muy preocupadas por ayudar, pero en verdad se regocijaban con el sufrimiento de los otros, porque esto les hacía creer que eran felices, que la vida había sido generosa con ellas. La joven detestaba a este tipo de gente: no daría a aquel muchacho ninguna oportunidad de aprovecharse de su estado para ocultar sus propias frustraciones.

Mantuvo sus ojos fijos en los de él.

—Entonces yo no fallé.

—No —fue la respuesta.

Pero la complacencia del joven en dar noticias trágicas había desaparecido.

No obstante, durante la noche, Veronika comenzó a sentir miedo. Una cosa era la acción rápida de los comprimidos, otra era quedarse esperando la muerte durante cinco días, una semana, después de haber vivido ya todo lo posible.

La joven había pasado su vida esperando siempre algo: que el padre volviera del trabajo, la carta del enamorado que no llegaba, los exámenes de fin de año, el tren, el autobús, la llamada telefónica, el día de fiesta, el fin de las vacaciones. Ahora tenía que esperar la muerte, que venía con fecha marcada.

«Esto sólo me podía pasar a mí. Normalmente las personas se mueren exactamente el día en que creen que van a morir.»

Tenía que salir de allí y conseguir nuevas pastillas. Si no lo lograba, y la única solución era lanzarse desde lo alto de un edificio de Ljubljana, lo haría. Había intentado evitar a sus padres otro sufrimiento, pero ahora no había más remedio.

Miró a su alrededor. Todas las camas estaban ocupadas, las personas dormían, algunas roncaban ruidosamente.

Las ventanas tenían rejas. Al final del dormitorio había una pequeña luz encendida, que llenaba el ambiente de sombras extrañas y permitía que el lugar estuviera constantemente vigilado. Cerca de la luz, una mujer leía un libro.

«Estas enfermeras deben de ser muy cultas. Viven leyendo.»

La cama de Veronika era la más alejada de la puerta —entre ella y la enfermera había casi veinte camas—. Se levantó con dificultad porque, si era verdad lo que había dicho el médico, llevaba casi tres semanas sin caminar. La enfermera levantó los ojos y vio a la joven que se aproximaba cargando su frasco de suero.

—Quiero ir al lavabo —susurró Veronika, temerosa de despertar a las otras internas.

La mujer, con un gesto desganado, señaló a una puerta. La mente de Veronika trabajaba rápidamente, buscando en todas partes una salida, una brecha, una manera de escapar de aquel lugar. «Tiene que ser en seguida, mientras piensan que aún estoy frágil, incapaz de reaccionar.»

Miró cuidadosamente a su alrededor. El cuarto de baño era un cubículo sin puerta. Si quería salir de allí, tendría que sujetar a la vigilante y dominarla para conseguir la llave, pero estaba demasiado débil para hacer eso.

—¿Esto es una prisión? —preguntó a la vigilante, que había abandonado la lectura y ahora seguía todos sus movimientos.

—No. Es un manicomio.

—Yo no estoy loca.

La mujer rió.

—Es exactamente lo que todos dicen aquí.

—Está bien. Entonces soy una loca. ¿Qué es un loco?

La mujer dijo a Veronika que no debía quedarse mucho tiempo de pie y la envió de vuelta a su cama.

—¿Qué es un loco? —insistió Veronika.

—Pregúnteselo al médico mañana. Y váyase a dormir o tendré que aplicarle un calmante.

Veronika obedeció. En el camino de vuelta, escuchó a alguien susurrar desde una de las camas:

—¿No sabes lo que es un loco?

Por un instante pensó en no responder: no quería hacer amigos, establecer círculos sociales, conseguir aliados para una gran sublevación en masa. Tenía sólo una idea fija: la muerte. En el caso de que le resultara imposible huir, se las arreglaría para suicidarse allí mismo, lo antes posible.

Pero la mujer repitió la misma pregunta que ella había hecho a la vigilante:

—¿No sabes lo que es un loco?

—¿Quién eres?

—Mi nombre es Zedka. Ve hasta tu cama. Después, cuando la vigilante piense que ya estás acostada, arrástrate por el suelo hasta aquí.

Veronika regresó a su lugar y esperó a que la vigilante volviera a concentrarse en el libro. ¿Qué era un loco? No tenía la menor idea, porque esa palabra se utilizaba de una manera completamente anárquica: decían, por ejemplo, que ciertos deportistas estaban locos por desear superar récords. O que los artistas eran locos porque vivían de una manera insegura, inesperada, diferente de todos los «normales». Por otro lado, Veronika ya había visto a mucha gente andando por las calles de Ljubljana, mal abrigada durante el invierno, predicando el fin del mundo y empujando carritos de supermercado llenos de bolsas y trapos.

No tenía sueño. Según el médico, había dormido casi una semana, demasiado tiempo para quien estaba habituado a una vida sin grandes emociones pero con horarios rígidos de descanso. ¿Qué era un loco? Quizás fuera mejor preguntárselo a uno de ellos.

Veronika se agachó, retiró la aguja clavada en su brazo y se fue hasta donde estaba Zedka, intentando no hacer caso a su estómago, que empezaba a dar vueltas; no sabía si el mareo era el resultado de su corazón debilitado o del esfuerzo que estaba haciendo.

—No sé lo que es un loco —susurró Veronika—, pero yo no lo soy. Soy una suicida frustrada.

—Loco es quien vive en un mundo propio. Como los esquizofrénicos, los psicópatas, los maníacos. O sea, personas que son diferentes de las demás.

—¿Como tú?

—Sin embargo —continuó Zedka, fingiendo no haber oído el comentario—, ya debes de haber oído hablar de Einstein, que afirmaba que no había tiempo ni espacio, sino una fusión de ambos. O de Colón, que aseguraba que al otro lado del mar no había un abismo, sino un continente. O de Edmund Hillary, que confirmaba que un hombre podía llegar a la cumbre del Everest. O de los Beatles, que crearon una música diferente y se vestían de manera totalmente innovadora. Todas estas personas, y millares de otras, también vivían en su mundo.

«Esta demente está diciendo cosas con sentido», pensó Veronika, acordándose de las historias que su madre le contaba acerca de santos que afirmaban hablar con Jesús o con la Virgen María. ¿Vivían en un mundo aparte?

—Una vez vi a una mujer con un vestido rojo, escotado, con los ojos vidriosos, andando por las calles de Ljubljana cuando el termómetro marcaba cinco grados bajo cero. Pensé que estaría borracha y fui a ayudarla, pero ella rechazó mi abrigo.

—Quizás en su mundo fuese verano, y su cuerpo estuviera caliente por el deseo de alguien a quien esperaba. Y aunque esa otra persona existiese apenas en su delirio, ella tiene el derecho de vivir y morir como quiera, ¿no crees?

Veronika no sabía qué decir, pero las palabras de aquella loca tenían sentido. ¿Quién sabe si no era la misma mujer que había visto semidesnuda en las calles de Ljubljana?

—Te contaré una historia —dijo Zedka—. Un poderoso hechicero, queriendo destruir un reino, colocó una poción mágica en un pozo del que todos sus habitantes bebían. Quien tomase aquella agua, se volvería loco.

»A la mañana siguiente, toda la población bebió y todos enloquecieron, menos el rey, que tenía un pozo privado para él y su familia, donde el hechicero no había conseguido entrar. El monarca, preocupado, intentó controlar a la población ordenando una serie de medidas de seguridad y de salud pública, pero los policías e inspectores habían bebido el agua envenenada, y juzgando absurdas las disposiciones reales, decidieron no respetarlas de manera alguna.

»Cuando los habitantes de aquel reino se enteraron del contenido de los decretos, quedaron convencidos de que el soberano había enloquecido y por eso disponía cosas sin sentido. A gritos fueron hasta el castillo exigiendo que renunciase.

»Desesperado, el rey se declaró dispuesto a dejar el

trono, pero la reina lo impidió diciendo: «Vayamos ahora hasta la fuente y bebamos también. Así nos volveremos iguales a ellos.»

»Y así se hizo: el rey y la reina bebieron el agua de la locura y empezaron inmediatamente a decir cosas sin sentido. Al momento sus súbditos se arrepintieron: ahora que el rey estaba mostrando tanta sabiduría, ¿por qué no dejarle gobernar?

»El país continuó en calma, aunque sus habitantes se comportasen de manera muy diferente a sus vecinos. Y el rey pudo gobernar hasta el fin de sus días.

Veronika se rió.

—Tú no pareces loca —dijo.

—Pero lo soy, aunque esté siendo curada, porque mi caso es simple: basta recolocar en el organismo una determinada sustancia química. Sin embargo, espero que esa sustancia se limite tan sólo a resolver mi problema de depresión crónica; quiero continuar loca viviendo mi vida de la manera que yo sueño y no de la manera en que otros desean. ¿Sabes lo que hay allá afuera, detrás de los muros de Villete?

—Gente que bebió del mismo pozo.

—Exactamente —dijo Zedka—. Creen que son normales porque todos hacen lo mismo. Voy a fingir que también bebí de aquella agua.

—Pues yo bebí y éste es, justamente, mi problema. Nunca tuve depresión, ni grandes alegrías o tristezas que durasen mucho. Mis problemas son iguales a los de todo el mundo.

Zedka permaneció en silencio unos momentos y luego replicó:

—Tú vas a morir, nos dijeron.

Veronika vaciló un instante: ¿podría confiar en aquella extraña? Pero tenía que arriesgarse.

—Sólo dentro de cinco o seis días. Estoy pensando si existe un medio de morir antes. Si tú, o alguien de aquí dentro, consiguiera obtener nuevos comprimidos, estoy segura de que mi corazón no lo soportaría esta vez. Comprende todo lo que estoy sufriendo por estar esperando la muerte, y ayúdame.

Antes de que Zedka pudiese responder, la enfermera apareció con una jeringuilla en la mano.

—Puedo inyectársela yo misma —dijo—. Pero si no hubiera colaboración, puedo pedir a los guardas de allí afuera que me ayuden.

—No malgastes tus energías —le recomendó Zedka a Veronika—. Guarda tus fuerzas si quieres conseguir lo que me pides.

Veronika se levantó, volvió a su cama y dejó que la enfermera cumpliese su tarea.

Fue su primer día normal en un asilo de locos. Salió de la enfermería y tomó café en el gran refectorio donde hombres y mujeres comían juntos. Observó que, al contrario de lo que solía mostrarse en las películas sobre el tema (escándalos, griterío, personas haciendo gestos demenciales), todo parecía envuelto en un aura de silencio opresivo; daba la impresión de que nadie deseara compartir su mundo interior con extraños.

Después de un desayuno de calidad aceptable (no se podía culpar a las comidas de la pésima fama de Villete), salieron todos a tomar el sol. A decir verdad, no había sol en absoluto: la temperatura estaba bajo cero y el jardín se encontraba cubierto de nieve.

—No estoy aquí para conservar mi vida, sino para perderla —dijo Veronika a uno de los enfermeros.

—Aun así, tiene que salir para el baño de sol.

—Ustedes sí que están locos, ¡no hay sol!

—Pero hay luz, y la luz ayuda a calmar a los internos. Por desgracia nuestro invierno es muy largo; si no fuera así, tendríamos menos trabajo.

Era inútil discutir: salió y caminó un poco mirando

todo a su alrededor, buscando disimuladamente una manera de huir. El muro era alto, como exigían los constructores de cuarteles antiguos, pero las garitas para centinelas estaban desiertas. El jardín estaba bordeado por edificios de apariencia militar, que en la actualidad albergaban enfermerías masculinas, femeninas, las oficinas de la administración y las dependencias de los empleados. Al acabar una primera y rápida inspección, notó que el único lugar realmente vigilado era el portón principal, donde dos guardias verificaban la identidad de todos los que entraban y salían.

Todo parecía irse ordenando en su cerebro. Para hacer un ejercicio de memoria, intentó acordarse de pequeñas cosas, como el lugar donde dejaba la llave de su cuarto, el último disco que había comprado, el último pedido que le habían hecho en la biblioteca.

—Soy Zedka —dijo una mujer acercándose.

La noche anterior no había podido ver su rostro, pues estuvo agachada al lado de la cama durante todo el tiempo que duró la conversación. Ella debía de tener unos treinta y cinco años y parecía absolutamente normal.

—Espero que la inyección no te haya causado mucho problema. Con el tiempo el organismo se acostumbra, y los calmantes pierden su efectividad.

—Estoy bien.

—En relación con lo que me pediste en nuestra conversación de anoche, ¿te acuerdas?

—Perfectamente.

Zedka la tomó del brazo y comenzaron a caminar juntas, por entre los muchos árboles sin hojas del patio. Más allá de los muros se podían ver las montañas desapareciendo entre las nubes.

—Hace frío, pero es una bonita mañana —dijo Zedka—. Es curioso, pero mi depresión nunca aparecía en días como éste, nublados, grises, fríos. Cuando el tiempo estaba así, yo sentía que la naturaleza estaba de acuerdo conmigo, mostraba mi alma. Por otro lado, cuando aparecía el sol, los niños empezaban a jugar por las calles y todos estaban contentos con la belleza del día, yo me sentía muy infeliz. Como si fuera injusto que toda aquella exuberancia se mostrara y yo no pudiera participar.

Con delicadeza, Veronika se soltó del brazo de la mujer. No le gustaban los contactos físicos.

—Has interrumpido tu primera frase, cuando hablabas de mi pedido.

—Hay un grupo ahí dentro. Son hombres y mujeres que ya podrían recibir el alta, estar en sus casas, pero no quieren salir. Sus razones son numerosas: Villete no está tan mal como dicen, aunque esté lejos de ser un hotel de cinco estrellas. Aquí dentro, todos pueden decir lo que piensan, hacer lo que desean sin oír ningún tipo de crítica, puesto que, al fin y al cabo, están internados en un manicomio. Entonces, cuando se producen las inspecciones ordenadas por el gobierno, estos hombres y mujeres actúan como si tuvieran un alto grado de insania peligrosa, ya que muchos de ellos están aquí a cargo del Estado. Los médicos lo saben, pero parece que existe una orden de los dueños para dejar que la situación continúe como está, puesto que existen más plazas que enfermos.

—¿Y ellos me podrían conseguir las pastillas?

—Procura entrar en contacto con ellos. Llaman a su grupo la Fraternidad.

Zedka señaló a una mujer de cabellos blancos que charlaba animadamente con otras mujeres más jóvenes.

—Se llama Mari, y es de la Fraternidad. Pregúntale a ella.

Veronika intentó dirigirse hacia ella, pero Zedka la detuvo.

—Ahora no: se está divirtiendo. No interrumpirá lo que le gusta sólo para ser simpática con una extraña. Si reacciona mal, nunca más tendrás la oportunidad de aproximarte. Los locos siempre confían en la primera impresión.

Veronika se rió por la entonación que Zedka había dado a la palabra «locos». Pero se quedó preocupada, porque todo aquello le estaba pareciendo normal y hasta demasiado bueno. Después de tantos años yendo del trabajo al bar, del bar a la cama de un amante, de la cama para el cuarto, del cuarto a la casa de la madre, ahora ella estaba viviendo una experiencia con la que nunca había soñado: el asilo, la locura, el manicomio. Un lugar donde las personas no tenían vergüenza de confesarse locas, donde nadie interrumpía lo que le gustaba hacer sólo para ser simpático a los otros.

Empezó a dudar de si Zedka estaría hablando en serio o sería sólo una forma que los enfermos mentales adoptan para fingir que viven en un mundo mejor que los otros. Pero ¿qué importancia tenía eso? Estaba viviendo algo interesante, diferente, jamás esperado. Imagínense: ¡un lugar donde las personas se fingen locas para hacer exactamente lo que quieren!

En ese mismo instante, Veronika sintió un pinchazo en el corazón. Las palabras del médico volvieron inmediatamente a su pensamiento, y ella se asustó.

—Quiero caminar sola —le comunicó a Zedka. A fin de cuentas, ella también era una «loca» y no tenía por qué estar queriendo agradar a nadie.

La mujer se alejó, y Veronika se quedó contemplando las montañas tras los muros de Villete. Una leve voluntad de vivir pareció surgir, pero Veronika la apartó de su mente con determinación.

«Tengo que conseguir pronto los comprimidos.»

Reflexionó sobre su situación allí, que estaba lejos de ser la ideal. Aunque le brindaran la posibilidad de vivir todas las locuras que le vinieran en gana, no sabría qué hacer.

Nunca había padecido locura alguna.

Después de permanecer algún tiempo en el jardín, volvieron al refectorio y comieron. Luego los enfermeros acompañaron a hombres y mujeres hasta una gigantesca sala de estar, con ambientes diversos: mesas, sillas, sofás, un piano, una televisión, y amplias ventanas desde donde se podía contemplar el cielo gris y las nubes bajas. Ninguna de ellas tenía rejas porque la sala comunicaba con el jardín. Las puertas estaban cerradas por causa del frío, pero bastaba girar la manija y se podía salir para caminar de nuevo entre los árboles.

La mayor parte de los internos se instalaron frente al televisor. Otros se quedaron mirando el vacío, algunos conversaban en voz baja consigo mismos, pero ¿quién no ha hecho eso en algún momento de su vida? Veronika observó que la mujer más vieja, Mari, estaba ahora junto a un grupo mayor en una de las esquinas de la gigantesca sala. Algunos de los internos paseaban por allí cerca, y Veronika los imitó; quería escuchar lo que hablaban.

Procuró disimular al máximo sus intenciones, pero cuando se acercó todos se callaron y la miraron.

—¿Qué es lo que quiere? —preguntó un señor anciano, que parecía ser el líder de la Fraternidad (si es que el tal grupo realmente existía y Zedka no estaba más loca de lo que aparentaba).

—Nada, sólo estaba pasando.

Todos intercambiaron miradas e hicieron algunos gestos exagerados con la cabeza. Uno comentó a otro: «ella sólo estaba pasando», otro lo repitió en voz más alta y al poco tiempo todos estaban gritando juntos la misma frase.

Veronika no sabía qué hacer y se quedó paralizada de miedo. Un enfermero fuerte y malcarado se acercó para ver lo que sucedía.

—Nada —respondió uno del grupo—. Ella sólo estaba pasando. ¡Está parada ahí, pero continuará pasando!

El grupo entero estalló en carcajadas. Veronika asumió un aire irónico, sonrió, dio media vuelta y se alejó para que nadie notase que sus ojos se llenaban de lágrimas. Salió directamente al jardín, sin abrigarse. Un enfermero intentó convencerla de que volviese, pero pronto apareció otro que le susurró algo y los dos se alejaron, dejándola a la intemperie. No valía la pena molestarse en cuidar la salud de una persona condenada.

Estaba confusa, tensa, irritada consigo misma. Jamás se había dejado llevar por provocaciones; había aprendido muy pronto que era preciso mantener el aire frío y distante siempre que se presentaba una situación nueva. Aquellos locos, sin embargo, habían conseguido hacer que sintiese vergüenza, miedo, rabia, ganas de matarlos, de herirlos con palabras que no hubiera osado decir.

Quizás las pastillas, o el tratamiento para arrancarla del estado de coma, la hubiesen transformado en una mujer frágil, incapaz de reaccionar por sí misma. ¡Ya había enfrentado situaciones mucho peores en su adolescencia y, por primera vez, no había conseguido controlar el llanto! Necesitaba volver a ser quien era, saber reaccionar con prestancia, fingir que las ofensas nunca la herían, pues ella era superior a todos. ¿Quién de aquel grupo hubiera tenido el coraje de desear la muerte? ¿Quiénes de aquellas personas podían querer enseñarle algo sobre la vida, si estaban todas escondidas tras los muros de Villete? Nunca dependería para nada de su ayuda, aunque tuviera que esperar cinco o seis días para morir.

«Un día ya pasó. Quedan apenas cuatro o cinco.»

Anduvo un poco, dejando que el frío intenso entrase en su cuerpo y calmara la sangre que circulaba de prisa, el corazón que latía demasiado rápido.

«Muy bien, aquí estoy yo, con las horas literalmente contadas y concediendo importancia a los comentarios de gente que nunca vi y que en breve nunca más veré. Y yo sufro, me irrito, quiero atacarlos y defenderme. ¿Para qué perder el tiempo con todo esto?»

La realidad, no obstante, era que estaba malgastando el escaso tiempo que le restaba en luchar por su espacio en un ambiente extraño donde era preciso resistir o, en caso contrario, los otros impondrían sus reglas.

«No es posible. Yo nunca fui así. Yo nunca luché por tonterías.»

Se detuvo en medio del gélido jardín. Justamente porque consideraba que todo era intrascendente, había terminado aceptando lo que la vida le había impuesto de manera natural. En la adolescencia, pensaba que era demasiado pronto para escoger; ahora, en plena juventud, se había convencido de que era demasiado tarde para cambiar.

¿Y en qué había gastado su energía hasta ese momento? En intentar que todo en su vida continuase igual. Había sacrificado muchos de sus deseos para que sus padres la continuasen queriendo como la querían de pequeña, aun sabiendo que el verdadero amor cambia con el tiempo y crece y descubre nuevas maneras de expresarse. Cierto día, cuando había escuchado a su madre decir entre sollozos que su matrimonio había acabado, Veronika fue a buscar al padre, lloró, amenazó y finalmente le arrancó la promesa de que él no se iría de la casa, sin pensar en el alto precio que los dos debían de estar pagando por causa de eso.

Cuando decidió buscar un empleo, dejó pasar una tentadora oferta de una empresa que acababa de instalarse en su recién creado país para aceptar el trabajo en la biblioteca pública donde el dinero era escaso pero seguro. Iba a trabajar todos los días en el mismo horario, siempre dejando claro a sus jefes que no la viesen como una amenaza. Ella estaba satisfecha, no aspiraba a luchar para crecer; todo lo que deseaba era su sueldo a fin de mes.

Alquiló el cuarto en el convento porque las monjas exigían que todas las inquilinas regresaran a una hora determinada y después cerraban la puerta con llave: quien se quedara afuera tendría que dormir en la calle. Así ella siempre podía dar una disculpa verdadera a sus sucesivos amantes para no verse obligada a pasar la noche en hoteles o camas extrañas.

Cuando soñaba con casarse, se imaginaba siempre en un pequeño chalet en las afueras de Ljubljana, con un hombre que fuese diferente de su padre, que ganase sólo lo suficiente para mantener a su familia y que fuera feliz con el hecho de estar los dos juntos en una casa con el hogar encendido, contemplando las montañas cubiertas de nieve.

Se había educado a sí misma para dar a los hombres una cantidad exacta de placer: ni más, ni menos, apenas el necesario. No sentía rabia hacia nadie, porque eso hubiera significado tener que reaccionar, combatir a un enemigo y después soportar consecuencias imprevisibles, como la venganza.

Y cuando consiguió casi todo lo que deseaba en la vida, llegó a la conclusión de que su existencia no tenía sentido, porque todos los días eran iguales, y decidió morir.

Veronika volvió a entrar y se dirigió al grupo que se encontraba reunido en una de las esquinas de la sala. Las personas conversaban animadamente, pero se callaron cuando ella se aproximó.

Se dirigió directamente hacia el hombre más viejo, que parecía ser el jefe. Antes de que nadie pudiese detenerla, le dio un sonoro bofetón.

—¿Va a reaccionar? —preguntó bien alto, para que la oyesen todos en la sala—. ¿Va a hacer algo?

—No. —El hombre se pasó la mano por la cara. Un pequeño hilo de sangre se escurría de su nariz—. Tú no nos vas a perturbar por mucho tiempo.

Ella dejó la sala de estar y caminó hacia la enfermería con aire triunfante. Era la primera vez en su vida que hacía algo así.

Tres días habían pasado desde el incidente con el grupo que Zedka llamaba la Fraternidad. Estaba arrepentida de la bofetada, pero no por miedo a la reacción del hombre, sino porque había hecho algo diferente. Si seguía así podía terminar convencida de que la vida valía la pena, y sería un sufrimiento inútil, ya que tenía que partir de este mundo de cualquier manera.

Su única salida fue alejarse de todo y de todos, intentar de todas las formas ser como era antes, obedecer las órdenes y los reglamentos de Villete. Se adaptó a la rutina impuesta por la clínica: levantarse temprano, desayuno, paseo por el jardín, almuerzo, sala de estar, nuevo paseo por el jardín, cena, televisión y cama.

Antes de dormir, una enfermera aparecía siempre con medicamentos. Todas las otras mujeres tomaban comprimidos, ella era la única a quien aplicaban una inyección. Nunca protestó; sólo quiso saber por qué le prescribían tanto calmante, ya que nunca había tenido dificultades para conciliar el sueño. Le explicaron que la inyección no era un somnífero, sino un remedio para su corazón.

Y así, al aceptar obedientemente la rutina, los días del hospital fueron tornándose iguales y, al ser iguales, transcurrían más rápidamente. En dos o tres días más ya no sería necesario cepillarse los dientes o peinarse. Veronika percibía cómo su corazón se iba debilitando rápidamente: perdía el aliento con facilidad, sentía dolores en el pecho, no tenía apetito y se mareaba al hacer cualquier esfuerzo.

Después del incidente con la Fraternidad había llegado a pensar algunas veces: «Si yo pudiera elegir, si hubiera comprendido que mis días eran iguales porque así yo lo deseaba, tal vez...»

Pero la respuesta era siempre la misma: «No hay tal

vez porque no hay elección.» Y la paz interior volvía, porque todo estaba determinado.

En ese período desarrolló una relación (no una amistad, porque la amistad exige una larga convivencia, y eso sería imposible) con Zedka. Jugaban a las cartas (lo que ayuda a que el tiempo transcurra más velozmente) y a veces paseaban juntas, en silencio, por el jardín.

Aquel día por la mañana, después del desayuno, todos salieron para tomar «el baño de sol», conforme exigía el reglamento. Un enfermero, sin embargo, pidió a Zedka que volviese a la enfermería, pues era el día del «tratamiento».

Veronika estaba acabando de tomar el café con ella y lo escuchó.

—¿Qué es ese tratamiento?

—Es un método antiguo, de la década de los sesenta, pero los médicos piensan que puede acelerar la recuperación. ¿Quieres verlo?

—Pero tú dijiste que tenías depresión. ¿No es suficiente tomar la medicina para reponer la sustancia que falta?

—¿Quieres verlo? —insistió Zedka.

Si accedía, se saldría de la rutina, pensó Veronika. Descubriría nuevas cosas cuando ya no necesitaba aprender nada, sólo tener paciencia. Pero su curiosidad fue más fuerte, y ella asintió con la cabeza.

—¡Esto no es una exhibición! —protestó el enfermero.

—Ella va a morir. Y no vivió nada. Deja que venga con nosotros.

Veronika presenció cómo la mujer era atada a su cama, sin que la sonrisa abandonara sus labios.

—Cuéntale lo que pasa —dijo Zedka al enfermero— para que no se asuste.

Él se dio la vuelta y mostró una jeringa. Parecía feliz de ser tratado como un médico que explica a los practicantes los procedimientos correctos y los tratamientos adecuados.

—En esta jeringa hay una dosis de insulina —explicó, confiriendo a sus palabras un tono grave y profesional—. Es usada por los diabéticos para combatir las altas tasas de azúcar. Sin embargo, cuando la dosis es mucho más elevada que lo habitual, la caída en el nivel de azúcar puede provocar un estado de coma.

Luego golpeó levemente la aguja, retiró el aire y la aplicó en la vena del pie derecho de Zedka.

—Y eso es lo que va a suceder ahora. Ella entrará en un coma inducido. No se asuste si sus ojos se ponen vidriosos y no espere que la reconozca mientras esté bajo los efectos de la medicación.

—Esto es horroroso, es inhumano. Las personas luchan para salir del coma y no para entrar en él.

—Las personas luchan para vivir y no para suicidarse

—respondió el enfermero, pero Veronika ignoró la provocación—. Y el estado de coma deja al organismo en reposo, sus funciones son drásticamente reducidas y la tensión existente desaparece.

Mientras hablaba, inyectaba el líquido y los ojos de Zedka iban perdiendo brillo.

—Quédate tranquila —le decía Veronika a Zedka—. Tú eres absolutamente normal. La historia que me contaste sobre el rey...

—No pierda el tiempo. Ella ya no la puede oír.

La mujer acostada en la cama, que minutos antes parecía lúcida y llena de vida, ahora tenía los ojos fijos en un punto indeterminado y un líquido espumoso salía de su boca.

—¿Qué es lo que ha hecho? —gritó al enfermero.

—Mi deber.

Veronika empezó a llamar a Zedka, a gritar, a amenazar con denunciarlo a la policía, a los periódicos, a las organizaciones defensoras de los derechos humanos.

—¡Calma! Hasta en un sanatorio es preciso respetar algunas reglas.

Ella vio que el hombre hablaba en serio y tuvo miedo. Pero como no tenía nada que perder, continuó gritando.

Desde donde estaba, Zedka podía ver la enfermería con todas las camas vacías, excepto una, donde reposaba su cuerpo inmovilizado, con una joven contemplándolo espantada. La joven ignoraba que las funciones biológicas de aquella persona que yacía en la cama aún continuaban su curso normal, pero su alma estaba en el aire, casi tocando el techo, experimentando una profunda paz.

Zedka estaba haciendo un viaje astral, algo que le había resultado una sorpresa durante el primer *shock* insulínico. No lo había comentado con nadie; se hallaba allí sólo para superar la depresión y tenía la intención de dejar aquel lugar para siempre en cuanto sus condiciones se lo permitieran. Si empezara a explicar que había salido del cuerpo, pensarían que estaba más loca que antes de entrar en Villete. No obstante, en cuanto volvió a su cuerpo comenzó a documentarse acerca de aquellos dos temas: el *shock* insulínico y la extraña sensación de flotar en el espacio.

No encontró gran información sobre el tratamiento: se había empezado a aplicar alrededor de 1930, pero con el tiempo fue cesando su práctica en los hospitales psiquiátricos por la posibilidad de causar daños irreversibles en el paciente. Una vez, durante una sesión de *shock,* había visitado en cuerpo astral el escritorio del doctor Igor, justamente en el momento en que él discutía el tema con algunos de los propietarios del asilo. «¡Es un crimen!», decía él. «Pero es más barato y más rápido —había respondido uno de los accionistas—. Además, ¿quién se interesa por los derechos de un loco? ¡Nadie reclamará nada!»

Aun así, algunos médicos seguían considerándolo como una forma rápida de tratar la depresión. Zedka había buscado, y pedido prestados, todos los textos posibles que tratasen del *shock* insulínico, principalmente aquellos en que se incluía el relato de pacientes que ya habían pasado por aquello. La historia era siempre la misma: horrores y más horrores, sin que ninguno de ellos hubiese experimentado nada parecido a lo que ella vivía en ese momento.

Dedujo, con toda razón, que no había ninguna relación entre la insulina y la sensación de que su conciencia salía del cuerpo. Muy al contrario, la tendencia de aquel tipo de tratamiento era disminuir la capacidad mental del paciente.

Comenzó a investigar sobre la existencia del alma, leyó algunos libros de ocultismo, hasta que un día terminó encontrando una vasta literatura que describía exactamente lo que ella experimentaba: se llamaba «viaje astral», y muchas personas ya habían pasado por eso. Algunas decidieron escribir lo que habían sentido, y otras llegaron incluso a desarrollar técnicas para lograr que el espíritu se ausentara del cuerpo. Zedka ahora conocía estas técnicas de memoria, y las utilizaba todas las noches para trasladarse al lugar de su elección.

Los relatos de las experiencias y visiones eran variados, pero todos tenían algunos puntos en común: el extraño e inquietante ruido que precede a la separación del cuerpo y el espíritu, seguido de un *shock*, de una rápida pérdida de la conciencia y luego la paz y alegría de encontrarse flotando en el aire, atada por un cordón plateado al cuerpo, un vínculo que podía estirarse indefinidamente, aun cuando hubiese leyendas (en los libros, naturalmente) que aseguraban que la persona moriría si permitía que se cortara el tal hilo de plata.

Su experiencia, sin embargo, le había mostrado que podía ir tan lejos como quisiera y el cordón no se rompía nunca. Pero, en general, los libros habían sido muy útiles para enseñarle a aprovechar cada vez más el viaje astral. Había aprendido, por ejemplo, que cuando quisiera trasladarse de un lugar a otro, tenía que desear proyectarse en el espacio, mentalizando adónde quería llegar. En vez de realizar una trayectoria como los aviones, que salen de un lugar y recorren determinada distancia hasta llegar a otro punto, el viaje astral discurría a través de túneles misteriosos. Se mentalizaba un lugar, se entraba en el túnel a una velocidad de vértigo, y el lugar deseado aparecía.

Fue también a través de los libros que perdió el miedo a las criaturas que habitaban el espacio. En esa ocasión no había nadie en la enfermería, pero la primera vez que había salido de su cuerpo había encontrado a mucha gente mirando y divirtiéndose con su cara de sorpresa.

Su primera reacción había sido pensar que se trataba de personas fallecidas o de fantasmas que moraban en ese lugar. Después, con el concurso de sus lecturas y de la propia experiencia, se dio cuenta de que, aunque algunos espíritus desencarnados vagasen por allí, había entre ellos muchas personas tan vivas como ella, que habían desarrollado la técnica de salir del cuerpo, o que no tenían conciencia de lo que estaba sucediendo, porque en algún lugar de la Tierra dormían profundamente, mientras sus espíritus vagaban libres por el mundo.

Ese día, por ser su último viaje astral con insulina (pues acababa de visitar el despacho del doctor Igor y sabía que estaba a punto de darla de alta), ella había decidido quedarse paseando por Villete. Desde el momento en que cruzase la puerta de salida no pensaba volver nunca más, ni siquiera en espíritu, y quería despedirse en ese momento.

Despedirse. Ésta era la parte más difícil: una vez en el manicomio, la persona se acostumbra a la libertad que existe en el mundo de la locura, y termina viciada. Ya no tiene que asumir responsabilidades, luchar por el pan de cada día, cuidar de cosas que son repetitivas y aburridas; puede quedarse horas contemplando un cuadro o haciendo los dibujos más absurdos que quepa imaginarse. Todo se le tolera, porque, al fin y al cabo, se trata de un enfermo mental. Como la propia Zedka había tenido ocasión de verificar, la mayor parte de los pacientes experimentan una gran mejoría en cuanto son internados: ya no necesitan estar escondiendo sus síntomas, y el ambiente «familiar» los ayuda a aceptar sus propias neurosis y psicosis.

Al comienzo, Zedka había quedado fascinada por Villete y hasta llegó a pensar en ingresar en la Fraternidad cuando estuviese curada. Pero fue consciente de que, con un poco de buen criterio, podía continuar realizando en el mundo exterior todo lo que le gustaría hacer, mientras afrontaba los desafíos de la vida diaria. Bastaba mantener, como había dicho alguien, la *locura controlada*, llorar, preocuparse, irritarse como cualquier ser humano normal, sin olvidar jamás que, allí arriba, su espíritu se desentiende por completo de todas las situaciones difíciles.

Pronto estaría de regreso en su casa, junto a sus hijos y su marido; y esta parte de la vida también tiene sus encantos. Evidentemente tendría dificultades para encontrar trabajo: en una ciudad pequeña como Ljubljana las noticias corren con rapidez, y su internamiento en Villete era ya sabido por mucha gente. Pero su marido ganaba lo suficiente como para proveer el sustento de la familia, y ella podría aprovechar el tiempo libre para continuar realizando sus viajes astrales sin la peligrosa acción de la insulina.

Sólo había una cosa que no quería volver a sentir nunca más: el motivo que la había traído a Villete.

La depresión.

Los médicos aseguraban que una sustancia recién descubierta, la serotonina, era una de las responsables del estado del espíritu del ser humano. La carencia de serotonina interfería en la capacidad de concentrarse en el trabajo, dormir, comer y disfrutar de los momentos agradables de la vida. Cuando esta sustancia estaba completamente ausente, la persona sentía desesperanza, pesimismo, sensación de inutilidad, cansancio exagerado, ansiedad, dificultad para tomar decisiones, y terminaba sumergiéndose en una tristeza permanente que la conducía a la apatía completa o al suicidio.

Otros médicos, más conservadores, opinaban que los cambios bruscos en la vida de alguien —como cambio de país, pérdida de un ser querido, divorcio, aumento de exigencias en el trabajo o en la familia— eran los responsables de la depresión. También algunos estudios modernos, basados en el número de internamientos producidos durante el invierno comparado con la cantidad de ingresos acontecidos en el verano, señalaban la falta de luz solar como una de sus posibles causas...

En el caso de Zedka, sin embargo, las razones eran más simples de lo que todos suponían: había un hombre escondido en su pasado. O mejor dicho: la fantasía que había creado en torno a un hombre que había conocido mucho tiempo atrás.

Qué absurdo. Depresión, obsesión por un hombre del que ya ni sabía dónde vivía, del cual se había enamorado perdidamente en su juventud puesto que, como todas las otras chicas de su edad, Zedka era una persona absolutamente normal y necesitaba pasar por la experiencia del amor imposible.

Sólo que, al contrario que sus amigas, que apenas soñaban con el amor imposible, Zedka había decidido ir más lejos: intentaría conquistarlo. Él vivía al otro lado del océano, y ella vendió todo para ir a su encuentro. Él era casado, y ella aceptó el papel de amante, haciendo planes secretos para un día conquistarlo como marido. Él no tenía tiempo ni para sí mismo, pero ella se resignó a pasar días y noches en el cuarto de un hotel barato, esperando sus escasas llamadas telefónicas.

A pesar de estar dispuesta a soportar todo en nombre del amor, la relación no funcionaba. Él nunca se lo dijo directamente, pero un día Zedka comprendió que no era bien recibida, y regresó a Eslovenia.

Pasó algunos meses casi sin comer, recordando cada instante de los que estuvieron juntos, reviviendo miles de veces los momentos de alegría y placer en la cama, intentando descubrir alguna razón que le permitiese tener fe en el futuro de aquella relación. Sus amigos empezaron a preocuparse, pero algo en el corazón de Zedka le decía que aquello era pasajero: el proceso de crecimiento de una persona exige un cierto precio, que ella estaba pagando sin quejarse. Y así fue: cierta mañana se levantó con unas inmensas ganas de vivir, se alimentó como no hacía desde mucho tiempo atrás y salió a la calle a buscar empleo.

Y no sólo encontró empleo, sino que consiguió ser objeto de las atenciones de un joven guapo, inteligente, deseado por muchas mujeres. Un año después se hallaba casada con él.

Despertó la envidia y el aplauso de sus amigas. Los dos se fueron a vivir a una casa confortable, con el jardín orientado hacia el río que cruza Ljubljana. Tuvieron hijos y viajaron por Austria e Italia durante el verano.

Cuando Eslovenia decidió separarse de Yugoslavia, él se vio obligado a enrolarse en el ejército. Zedka era serbia, o sea «el enemigo», y su vida pareció a punto de desplomarse. En los diez días de tensión subsiguientes, con las tropas listas para enfrentarse y sin que se supiera bien cuáles serían las consecuencias de la declaración de independencia ni la sangre que sería necesario derramar por esa causa, Zedka fue consciente de cuánto amaba a su marido. Pasaba todas las horas rezando a un Dios que hasta entonces le había parecido distante, pero que ahora era su única salida: prometió a los santos y a los ángeles cualquier cosa con tal de tener a su marido de vuelta.

Y así fue. Él retornó, los hijos pudieron ir a escuelas que enseñaban el idioma esloveno, y la amenaza de guerra se desplazó a la vecina república de Croacia.

Pasaron tres años. La guerra de Yugoslavia con Croacia se trasladó a Bosnia, y empezaron a aparecer denuncias de masacres cometidas por los serbios. Zedka consideraba aquello injusto: juzgar criminal a toda una nación por causa de los desvaríos de algunos alucinados. Su vida pasó a tener un sentido que nunca había imaginado: defendió con orgullo y bravura a su pueblo, escribiendo en periódicos, apareciendo en la televisión, organizando conferencias. Nada de aquello dio resultado y hasta hoy los extranjeros continuaban pensando que todos los serbios eran responsables de las atrocidades; pero Zedka sabía que había cumplido con su deber y no había abandonado a sus hermanos en un momento difícil. Para ello había contado con el apoyo de su marido esloveno, de sus hijos y de las personas que no eran manipuladas por la maquinaria de propaganda de ambos bandos.

Una tarde pasó delante de la estatua de Prešeren, el gran poeta esloveno, y se puso a meditar acerca de la vida del escritor. A los treinta y cuatro años él había entrado una vez en una iglesia donde había visto a una muchacha adolescente, Julia Primic, de la cual se había enamorado perdidamente. Como los antiguos juglares, empezó a escribirle poemas, con la esperanza de casarse con ella.

Sucede que Julia era hija de una familia de la alta burguesía y, con excepción de aquella visión fortuita dentro de la iglesia, Prešeren nunca más consiguió aproximarse a ella. Pero aquel encuentro inspiró sus mejores versos y creó la leyenda en torno a su nombre. En la pequeña plaza central de Ljubljana, la estatua del poeta mantiene sus ojos fijos en una dirección: quien siga su mirada descubrirá, al otro lado de la plaza, un rostro de mujer esculpido en la pared de una de las casas. Era allí donde vivía Julia; Prešeren, aun después de muerto, contempla a su amor imposible.

¿Y si hubiera luchado más?

El corazón de Zedka se aceleró, quizás por el presentimiento de algo malo, como un accidente de sus hijos. Volvió corriendo a la casa: estaban viendo televisión y comiendo palomitas de maíz.

La tristeza, sin embargo, no se disipó. Zedka se acostó, durmió casi doce horas seguidas y, cuando se despertó, no tenía ganas de levantarse. La historia de Prešeren había hecho volver a su mente la imagen de aquel primer amante, de cuyo destino no volvió jamás a tener noticias.

Y Zedka se preguntaba: ¿Habré insistido lo suficiente? ¿Debería haber aceptado el papel de amante en vez de querer que las cosas se amoldasen a mis expectativas? ¿Luché por mi primer amor con la misma fuerza con que he luchado por mi pueblo?

Zedka se convenció de que sí, pero la tristeza no se alejaba. Lo que antes le parecía el paraíso —la casa cerca del río, el marido a quien amaba, los hijos comiendo palomitas de maíz delante de la televisión— comenzó a transformarse en un infierno.

Hoy, después de muchos viajes astrales y de numerosos encuentros con espíritus desarrollados, Zedka sabía que todo aquello eran tonterías. Había usado su amor imposible como una disculpa, un pretexto para romper los lazos con la vida que llevaba y que estaba lejos de ser aquella que verdaderamente esperaba de sí misma.

Pero doce meses atrás la situación era otra: empezó a buscar frenéticamente al hombre distante, gastó fortunas en llamadas internacionales, pero él ya no vivía en la misma ciudad, y fue imposible localizarlo. Mandó cartas por correo certificado, que acababan siendo devueltas. Llamó a todos los amigos y amigas que lo conocían y nadie tenía la menor idea de qué había sido de él.

Su marido no sabía nada, y esto la conducía a la locura, porque él debía por lo menos sospechar algo, hacer alguna escena, quejarse, amenazar con dejarla tirada en mitad de la calle. Pasó a creer que las oficinas de correos, las telefonistas internacionales y las amigas habían sido sobornadas por él, que fingía indiferencia. Vendió las joyas que le regalaron para su boda y compró un pasaje para partir al otro lado del océano, hasta que alguien la convenció de que América constituía un territorio inmenso y no servía de nada ir sin saber adónde llegar.

Una tarde ella se acostó, sufriendo por amor como no había sufrido nunca antes, ni siquiera cuando tuvo que volver a la aburrida cotidianeidad de Ljubljana. Pasó aquella noche y todo el día siguiente en su habitación. Y otro más. Al tercer día, su marido llamó a un médico, ¡qué bueno era! ¡Cómo se preocupaba por ella! ¿Sería posible que ese hombre no entendiera que Zedka estaba intentando encontrarse con otro, cometer adulterio, cambiar su vida de mujer respetada por la de una simple amante escondida, dejar Ljubljana, su casa y sus hijos para siempre?

El médico llegó, ella tuvo un ataque de nervios, cerró la puerta con llave y sólo la abrió cuando él se fue. Una semana después no tenía ganas ni de ir al cuarto de baño, y pasó a hacer sus necesidades fisiológicas en la cama. Ya ni siquiera pensaba: su cabeza estaba completamente absorbida por los fragmentos de memoria del hombre que —estaba convencida— también la buscaba sin conseguir encontrarla.

El marido, irritantemente generoso, cambiaba las sábanas, pasaba la mano por su cabeza, le decía que todo terminaría bien. Los hijos no entraban en el cuarto desde que ella abofeteara a uno de ellos sin el menor motivo, y después se arrodillara y besara sus pies implorando disculpas, rasgando su camisón en pedazos para mostrar su desesperación y arrepentimiento.

Después de otra semana, en el curso de la cual escupió la comida que le ofrecían, entró y salió varias veces de la realidad, pasó noches enteras en blanco y días enteros durmiendo, dos hombres entraron en su cuarto sin llamar. Uno de ellos la sujetó, otro le aplicó una inyección y ella se despertó en Villete.

—Depresión —había escuchado que el médico decía a su marido—, a veces provocada por los motivos más banales. Falta un elemento químico, la serotonina, en su organismo.

Desde el techo de la enfermería, Zedka vio llegar al enfermero con una jeringa en la mano. La chica continuaba allí, parada, intentando conversar con su cuerpo, desesperada por su mirada vacía. Durante algunos momentos, Zedka consideró la posibilidad de contarle todo lo que estaba sucediendo, pero después cambió de idea: las personas nunca aprenden nada de lo que les cuentan, necesitan descubrirlo por ellas mismas.

El enfermero le clavó la aguja en su brazo e inyectó glucosa. Como impulsado por una enorme fuerza, su espíritu salió del techo de la enfermería, pasó a alta velocidad por un túnel negro y retornó al cuerpo.

—¡Hola, Veronika!

La chica estaba horrorizada.

—¿Estás bien?

—Sí. Por suerte he conseguido escapar de este peligroso tratamiento; ya no se repetirá jamás.

—¿Cómo lo sabes? Aquí no respetan a nadie.

Zedka lo sabía porque había ido bajo la forma de cuerpo astral hasta el escritorio del doctor Igor.

—Lo sé, pero no puedo explicártelo. ¿Te acuerdas de la primera pregunta que hiciste?

—«¿Qué es un loco?»

—Exactamente. Esta vez voy a responderte sin rodeos: la locura es la incapacidad de comunicar tus ideas. Como si estuvieras en un país extranjero, viendo todo, entendiendo lo que pasa a tu alrededor, pero incapaz de explicarte y de ser ayudada, porque no entiendes la lengua que hablan allí.

—Todos nosotros ya sentimos eso.

—Todos nosotros, de una manera u otra, estamos locos.

Tras la ventana enrejada, el cielo se veía cubierto de estrellas, con una luna en cuarto creciente subiendo por detrás de las montañas. A los poetas les gustaba la luna llena, escribían miles de versos sobre ella, pero Veronika estaba enamorada de aquella media luna, porque aún tenía espacio para crecer, expandirse, llenar de luz toda su superficie, antes de la inevitable decadencia.

Tuvo ganas de ir hasta el piano de la sala de estar y celebrar aquella noche tocando una linda sonata que había aprendido en el colegio; al mirar al cielo le embargaba una indescriptible sensación de bienestar, como si lo infinito del Universo mostrase también su propia eternidad. Sin embargo, una puerta de acero y una mujer que nunca terminaba de leer el libro que tenía en sus manos le impedían cumplir su deseo. Además, nadie tocaba el piano a aquella hora de la noche, pues con toda seguridad los acordes despertarían al vecindario.

Veronika rió. «El vecindario» eran las enfermerías repletas de locos, estos locos, a su vez, atiborrados de medicinas para dormir.

La sensación de bienestar, sin embargo, continuaba. Se levantó y se dirigió a la cama de Zedka, pero ella estaba durmiendo profundamente, tal vez para recuperarse de la horrible experiencia que acababa de pasar.

—Vuelva a su cama —ordenó la enfermera—. Las chicas buenas están soñando con los angelitos o con los enamorados.

—No me trate como a un niño. No soy una loca mansa que tiene miedo de todo. Soy furiosa, tengo ataques histéricos, no respeto ni mi vida ni la de los otros. Hoy, entonces, estoy atacada. Miré a la luna y quiero conversar con alguien.

La enfermera la miró, sorprendida por la reacción.

—¿Me tiene miedo? —insistió Veronika—. Faltan uno o dos días para mi muerte; siendo así, ¿qué puedo perder?

—¿Por qué no va a dar un paseo, jovencita, y me deja terminar el libro?

—Porque existe una prisión, y una carcelera que finge leer un libro, sólo para mostrar a los otros que es una mujer inteligente. No obstante, en realidad, ella está atenta a cada movimiento dentro de la enfermería y guarda las llaves de la puerta como si fuesen un tesoro. El reglamento debe de decir eso, y ella obedece, porque así puede mostrar la autoridad que no tiene en su vida diaria, con su marido y sus hijos.

Veronika temblaba, sin entender bien por qué.

—¿Llaves? —preguntó la enfermera—. La puerta está siempre abierta. ¿Se cree que voy a quedarme aquí dentro encerrada con una banda de enfermas mentales?

«¿Cómo que la puerta está abierta? Hace unos días yo quise salir de aquí y esta mujer fue hasta el lavabo para vigilarme. ¿Qué es lo que dice ahora?»

—No me tome en serio —continuó la enfermera—. La verdad es que no necesitamos ejercer mucho control, gracias a las pastillas para dormir que ingieren los pacientes. ¿Está temblando de frío?

—No sé, debe de ser algo relacionado con mi corazón.

—Si quiere, vaya a dar un paseo.

—En verdad lo que me gustaría realmente sería tocar el piano.

—La sala está aislada y el piano no molestaría a nadie. Haga lo que le venga a gusto.

El temblor de Veronika se transformó en sollozos, bajos, tímidos, contenidos. Se arrodilló y colocó su cabeza en el regazo de la mujer, llorando sin parar.

La enfermera dejó el libro y acarició sus cabellos, dejando que la oleada de tristeza y llanto fuera desapareciendo naturalmente. Allí se quedaron las dos durante casi media hora: una llorando sin decir por qué, la otra consolando sin saber el motivo.

Los sollozos finalmente cesaron. La enfermera la levantó, tomándola por el brazo, y la llevó hasta la puerta.

—Tengo una hija de tu edad. Cuando llegaste aquí, llena de sueros y tubos, me puse a pensar por qué una chica bonita, joven, que tiene una vida por delante, había decidido quitarse la vida.

»Pronto comenzaron a correr historias: la carta que dejaste (y que nunca creí que fuera el verdadero motivo) y los días contados por causa de un problema incurable del corazón. No podía apartar de mi mente la imagen de mi hija: ¿y si ella decidía hacer algo parecido? ¿Por qué ciertas personas intentan ir en contra del orden natural de la vida, que es luchar para sobrevivir de cualquier manera?

—Por eso estaba llorando —dijo Veronika—. Cuando tomé las pastillas yo quería matar a alguien que detestaba. No sabía que existían, dentro de mí, otras Veronikas a las que yo sabría amar.

—¿Qué es lo que hace que una persona se deteste a sí misma?

—Quizás la cobardía. O el eterno miedo de equivocarse, de no hacer lo que los otros esperan. Hace algunos minutos yo estaba alegre, había olvidado mi sentencia de muerte; cuando volví a entender la situación en que me encuentro, me asusté.

La enfermera abrió la puerta y Veronika salió.

Ella no podía haberme preguntado eso. ¿Qué quería, entender por qué lloré? ¿Acaso no sabe que soy una persona absolutamente normal, con deseos y miedos comunes a todo el mundo, y que ese tipo de preguntas, ahora que ya es tarde, puede hacerme entrar en pánico?

Mientras caminaba por los corredores, iluminados por la misma débil lámpara que había en la enfermería, Veronika se daba cuenta de que era demasiado tarde: ya no conseguía controlar su miedo.

«Tengo que dominarme. Soy alguien que lleva hasta el fin cualquier acto que decide hacer.»

Era verdad que había llevado hasta las últimas consecuencias muchas acciones en su vida, pero sólo lo que no era importante (como prolongar enfados que un pedido de disculpas resolvería, o dejar de telefonear a un hombre del que estaba enamorada por considerar que aquella relación no la llevaría a ninguna parte). Había sido intransigente justamente en aquello que era más fácil: mostrarse a sí misma su fuerza e indiferencia, cuando en verdad era una mujer frágil, que jamás había conseguido destacar en los estudios, ni en las competiciones deportivas de su escuela, ni en su tentativa por mantener la armonía en su hogar.

Había superado sus defectos más leves sólo para ser derrotada en lo que era importante y fundamental. Había conseguido tener la apariencia de mujer independiente cuando en verdad necesitaba desesperadamente una compañía. Llegaba a los sitios y todos la miraban, pero generalmente terminaba la noche sola, en el convento, mirando una televisión que ni siquiera sintonizaba bien los canales. Había dado a todos sus amigos la impresión de ser un modelo que ellos debían envidiar, y había gastado lo mejor de sus energías en comportarse a la altura de la imagen que ella se había creado.

Por causa de eso nunca le habían sobrado fuerzas para ser ella misma: una persona que, como todas las de este mundo, necesitaba de los otros para ser feliz. ¡Pero los otros eran tan difíciles! Tenían reacciones imprevistas, vivían rodeados de defensas, actuaban también como ella, mostrando indiferencia en todo. Cuando llegaba alguien más abierto a la vida, o lo rechazaban inmediatamente o le hacían sufrir, considerándolo inferior e ingenuo.

Muy bien: podía haber impresionado a mucha gente con su fuerza y determinación, ¿pero adónde había llegado? Al vacío. A la soledad completa. A Villete. A la antesala de la muerte.

El remordimiento por la tentativa de suicidio volvió a aparecer, y Veronika volvió a apartarlo con firmeza. Porque ahora estaba sintiendo algo que nunca se había permitido sentir: odio.

Odio. Hacia algo casi tan físico como paredes, o pianos, o enfermeras. Casi podía tocar la energía destructora que salía de su cuerpo. Dejó que el sentimiento llegase sin preocuparse de si era bueno o no; ya bastaba de autocontrol, de máscaras, de posturas convenientes. Veronika quería ahora pasar sus dos o tres días de vida siendo lo más inconveniente posible.

Había empezado dando un bofetón en el rostro de un hombre mayor, había tenido un ataque con el enfermero, había rehusado ser simpática y conversar con los otros cuando quería estar sola, y ahora era lo suficientemente libre como para sentir odio, aunque también lo suficientemente lista como para no empezar a romper todo a su alrededor y tener que pasar el final de su vida bajo el efecto de sedantes en una cama de la enfermería.

Detestó todo lo que pudo en aquel momento. A sí misma, al mundo, a la silla que tenía enfrente, a la calefacción rota en uno de los corredores, a las personas perfectas, a los criminales. Estaba internada en un psiquiátrico y podía sentir cosas que los seres humanos esconden de sí mismos, porque todos somos educados sólo para amar, aceptar, intentar descubrir una salida, evitar el conflicto. Veronika odiaba todo, pero odiaba principalmente la manera en que había conducido su vida, sin jamás descubrir los centenares de otras Veronikas que habitaban dentro de ella y que eran interesantes, locas, curiosas, valientes, arriesgadas.

En un momento dado comenzó también a sentir odio por la persona que más amaba en el mundo: su madre. La excelente esposa que trabajaba de día y lavaba los platos de noche, sacrificando su vida para que su hija tuviese una buena educación, supiese tocar el piano y el violín, se vistiese como una princesa, comprase zapatillas y tejanos de marca mientras ella remendaba el viejo vestido que usaba desde hacía años.

¿Cómo puedo odiar a quien sólo me dio amor?, pensaba Veronika, confusa, queriendo modificar sus sentimientos. Pero ya era demasiado tarde: el odio estaba liberado, ella había abierto las puertas de su infierno personal. Odiaba el amor que le había sido dado, porque no pedía nada a cambio, lo que es absurdo, irreal, contrario a las leyes de la naturaleza.

El amor que no pedía nada a cambio conseguía llenarla de culpa, de ganas de corresponder a sus expectativas aunque eso significara abandonar todo lo que había soñado para ella misma. Era un amor que había intentado esconderle, durante años, los desafíos y la podredumbre del mundo, ignorando que un día ella se daría cuenta de eso y no tendría fuerzas para enfrentarlos.

¿Y su padre? Odiaba a su padre también. Porque, al contrario de su madre, que trabajaba todo el tiempo, él sabía vivir, la llevaba a los bares y al teatro, se divertían juntos, y cuando aún era joven ella lo había amado en secreto, no como se ama a un padre, sino a un hombre. Lo odiaba porque siempre había sido tan encantador y tan abierto con todo el mundo, menos con su madre, la única que realmente merecía lo mejor.

Odiaba todo. La biblioteca, con su montaña de libros llenos de explicaciones sobre la vida, el colegio donde había sido obligada a pasar noches enteras aprendiendo álgebra, aunque no conociese a ninguna persona —excepto los profesores y los matemáticos— que necesitase del álgebra para ser más feliz. ¿Por qué le habían hecho estudiar tanta álgebra, y geometría, y todas aquellas asignaturas absolutamente inútiles?

Veronika empujó la puerta de la sala de estar, se acercó al piano, levantó su tapa y, con toda su fuerza, golpeó con las manos el teclado, un acorde loco, disonante, desquiciado, que resonaba en el ambiente vacío, chocando con las paredes y regresando a sus oídos bajo la forma de un ruido agudo que parecía arañar su alma. No obstante, ése era el mejor retrato de su alma en aquel momento.

Volvió a golpear con las manos y nuevamente las notas disonantes reverberaron por todas partes.

«Estoy loca. Puedo hacer esto. Puedo odiar y puedo aporrear el piano. ¿Desde cuándo los enfermos mentales saben disponer las notas en orden?»

Golpeó el piano una, dos, diez, veinte veces, y cada vez que lo hacía su odio parecía disminuir, hasta que se disipó por completo.

Entonces, nuevamente, la embargó una profunda paz y Veronika volvió a contemplar el cielo estrellado, con la luna en cuarto creciente —su favorita— llenando con suave luz el lugar donde se encontraba. Retornó la sensación de que el Infinito y la Eternidad eran inseparables, y bastaba contemplar a uno de ellos —como el Universo sin límites— para notar la presencia del otro, el Tiempo que no termina nunca, que no pasa, que permanece en el Presente, donde están todos los secretos de la vida. En el breve lapso transcurrido entre la enfermería y la sala, ella había sido capaz de odiar tan fuerte y tan intensamente que no le habían quedado rastros de rencor en el corazón. Había dejado que sus sentimientos negativos, reprimidos durante años en su alma, salieran finalmente a la superficie. Ella los había sentido, y ahora ya no los necesitaba más: podían partir.

Se quedó en silencio, viviendo su instante presente, dejando que el amor ocupase el espacio vacío que había ocupado el odio. Cuando sintió llegado el momento, miró a la luna y tocó una sonata en su homenaje, sabiendo que ella la escuchaba, se sentía orgullosa y esto provocaba los celos de las estrellas. Tocó entonces una música dedicada a las estrellas, otra al jardín y una tercera a las montañas que no podía ver de noche pero sabía que estaban allí.

En medio de la música para el jardín, otro loco apareció: Eduard, un esquizofrénico sin ninguna posibilidad de curación. Ella no se amedrentó con su presencia; por el contrario, sonrió y, para su sorpresa, él le devolvió la sonrisa.

También en su mundo distante, más distante que la propia luna, la música era capaz de penetrar y hacer milagros.

«Tengo que comprar un llavero nuevo», pensaba el doctor Igor mientras abría la puerta de su pequeño consultorio en el sanatorio de Villete. El antiguo se estaba cayendo a pedazos, y el pequeño escudo de metal que lo adornaba se acababa de desprender y había caído al suelo.

El doctor Igor se inclinó y lo recogió. ¿Qué haría con este escudo que mostraba el blasón de Ljubljana? Sería mejor tirarlo. Claro que también podía hacerlo arreglar, pidiendo que le hicieran una nueva presilla de cuero, o podía dárselo a su nieto para que jugara. Ambas alternativas le parecieron absurdas; el llavero era muy barato, y su nieto no tenía el menor interés en los escudos. Se pasaba el tiempo viendo televisión o divirtiéndose con juegos electrónicos importados de Italia. A pesar de eso, no lo tiró, sino que lo guardó en el bolsillo para decidir más tarde lo que haría con él.

Por eso era el director de un sanatorio y no un paciente; porque reflexionaba mucho antes de tomar cualquier decisión.

Encendió la luz: amanecía cada vez más tarde a medida que avanzaba el invierno. La ausencia de luz, así como los cambios de casa o los divorcios eran los principales responsables del aumento del número de casos de depresión. El doctor Igor deseaba intensamente que la primavera llegase pronto y resolviese sus problemas.

Consultó la agenda del día. Tenía que tomar algunas medidas para impedir que Eduard muriese de hambre; su esquizofrenia lo tornaba imprevisible, y ahora había dejado de comer por completo. El doctor Igor ya había recetado alimentación endovenosa, pero no podía mantener aquello para siempre; Eduard tenía veintiocho años y era fuerte, pero a pesar del suero terminaría consumido, con aspecto esquelético.

¿Y cuál sería la reacción de su padre, uno de los más conocidos embajadores de la joven república eslovena, uno de los artífices de las delicadas negociaciones con Yugoslavia en los comienzos de los años noventa? A fin de cuentas, este hombre había conseguido trabajar durante años para Belgrado, había sobrevivido a sus detractores —que lo acusaban de haber servido al enemigo— y continuaba en el cuerpo diplomático, sólo que ahora representando a un país diferente. Era un hombre poderoso e influyente, temido por todos.

El doctor Igor se preocupó un instante —como antes se había preocupado por el escudo del llavero—, pero pronto alejó el pensamiento de su cabeza: al embajador no le importaba mucho que su hijo tuviera buena o mala apariencia; no tenía intención de invitarlo a fiestas oficiales, ni hacer que lo acompañase por los diversos lugares donde era designado representante del gobierno. Eduard estaba en Villete, y allí se quedaría para siempre, o por lo menos durante el tiempo que su padre continuara percibiendo aquellos elevados emolumentos.

El doctor Igor decidió que suspendería la alimentación endovenosa de Eduard y lo dejaría consumirse un poco más hasta que tuviese, por sí mismo, deseos de volver a comer. Si la situación se agravaba, haría un informe y pasaría la responsabilidad al Consejo de médicos que administraba Villete. «Si no quieres verte en apuros, divide siempre la responsabilidad», le había enseñado su padre, que también era un médico que se había visto enfrentado a varios casos mortales y, no obstante, había obviado cualquier problema con las autoridades.

Una vez hubo ordenado la interrupción del medicamento de Eduard, el doctor Igor pasó al siguiente caso: el informe decía que la paciente Zedka Mendel ya había terminado su período de tratamiento y podía recibir el alta. El doctor Igor lo quería comprobar con sus propios ojos: al fin y al cabo, nada peor para un médico que recibir quejas de la familia de los enfermos que pasaban por Villete. Y eso sucedía con bastante frecuencia, pues después de pasar una temporada en un hospital para enfermos mentales, difícilmente un paciente conseguía adaptarse de nuevo a la vida normal.

La culpa no era imputable al sanatorio ni a ninguno de los establecimientos diseminados —sólo Dios sabía el número— por el mundo entero, donde el problema de readaptación de los internos era exactamente igual. Así como la prisión nunca corregía al preso (se limitaba a enseñarle a cometer más crímenes), los sanatorios hacían que los enfermos se acostumbrasen a un mundo totalmente irreal, donde todo les era permitido y nadie era responsable de sus actos.

De modo que únicamente quedaba una salida: descubrir la cura para los desvaríos de la mente. Y el doctor Igor estaba empeñado en eso hasta la raíz de los cabellos, desarrollando una tesis que revolucionaría el ámbito psiquiátrico. En los asilos, los enfermos transitorios en convivencia con los pacientes irrecuperables iniciaban un proceso de degeneración social que, una vez comenzado, era imposible detener. La tal Zedka Mendel terminaría volviendo al hospital, esta vez por voluntad propia, quejándose de males inexistentes, sólo para estar cerca de personas que parecían comprenderla mejor que el mundo exterior.

Si él descubriese, no obstante, cómo combatir el vitriolo (según el doctor Igor, el veneno responsable de la locura), su nombre entraría en la Historia, y Eslovenia sería colocada definitivamente en el mapa. Aquella semana se le había presentado una oportunidad caída del cielo bajo la forma de una suicida potencial, y él no estaba dispuesto a desperdiciar esa oportunidad por nada del mundo.

El doctor Igor se puso contento. Aunque, por razones económicas, continuase obligado a aceptar tratamientos que habían sido hace mucho tiempo condenados por la medicina (como el *shock* insulínico), también por motivos financieros, Villete estaba innovando el tratamiento psiquiátrico. Además de tener tiempo y elementos para la investigación del vitriolo, él contaba también con el apoyo de los propietarios para mantener en el hospital al grupo llamado la Fraternidad. Los accionistas de la institución habían permitido que fuese tolerado (nótese bien, no alentado, sino tolerado) un internamiento más prolongado que el necesario. Argumentaban que, por razones humanitarias, se debía dar al recién curado la opción de decidir cuál era el mejor momento para reintegrarse al mundo, y eso había permitido que un grupo de personas decidiera permanecer en Villete, como en un hotel selecto o un club donde se reúnen aquellos que tienen afinidades. Así, el doctor Igor conseguía mantener locos y sanos en el mismo ambiente, haciendo que estos últimos influyesen positivamente en los primeros. Para evitar que las cosas se desquiciaran, y los locos terminasen contagiando negativamente a los ya curados, todo miembro de la Fraternidad debía salir del sanatorio por lo menos una vez al día.

El doctor Igor sabía que los motivos dados por los accionistas para permitir la presencia de personas curadas en el asilo, «razones humanitarias», eran sólo una disculpa. Ellos temían que Ljubljana, la pequeña y encantadora capital de Eslovenia, no tuviese un número suficiente de locos ricos capaces de mantener toda aquella estructura cara y moderna. Además, el sistema de salud pública contaba con asilos de primera calidad, lo que dejaba a Villete en situación de desventaja ante el mercado de problemas mentales.

Cuando los accionistas transformaron el antiguo cuartel en un sanatorio, tenían como público objetivo los posibles hombres y mujeres afectados por la guerra con Yugoslavia. Pero ésta había durado muy poco. Los accionistas apostaron que volvería, pero no volvió.

Después, en una reciente investigación descubrieron que las guerras causaban sus víctimas mentales, pero en escala mucho menor que la tensión, el tedio, las enfermedades congénitas, la soledad y el rechazo. Cuando una colectividad tenía que enfrentar un gran problema (como el caso de una guerra, una hiperinflación o una epidemia), se detectaba un pequeño aumento en el número de suicidios pero también una gran disminución de los casos de depresión, paranoia y psicosis. Éstos volvían a sus índices normales en cuanto el tal problema había sido superado, indicando —así lo entendía el doctor Igor— que el ser humano sólo se da el lujo de ser loco cuando las condiciones se lo permiten.

Tenía ante sus ojos otra investigación reciente, esta vez procedente de Canadá, considerado recientemente por un diario norteamericano como el país del mundo donde el nivel de vida era más elevado. El doctor Igor leyó:

> **De acuerdo con la* Statistics Canada, *ya sufrieron algún tipo de enfermedad mental:*
>
> *40 % de las personas entre 15 y 34 años;*
> *33 % de las personas entre 35 y 54 años;*
> *20 % de las personas entre 55 y 64 años.*
>
> **Se estima que uno de cada cinco individuos sufre algún tipo de desorden psiquiátrico.*
>
> **Uno de cada ocho canadienses será hospitalizado por disturbios mentales por lo menos una vez en la vida.*

«Excelente mercado, superior al nuestro —pensó—. Cuanto más felices pueden ser las personas, más infelices se vuelven.»

El doctor Igor analizó algunos casos más, ponderando cuidadosamente cuáles debía analizar conjuntamente con el Consejo y los que podía resolver solo. Cuando terminó, el día había despuntado por completo, y él apagó la luz.

Después ordenó que entrara la primera visita, la madre de la paciente que había intentado suicidarse.

—Soy la madre de Veronika. ¿Cómo está mi hija?

El doctor Igor pensó si debía decirle la verdad y evitarle sorpresas inútiles; al fin y al cabo, él tenía una hija con el mismo nombre. Pero decidió callarse.

—Aún no lo sabemos —mintió—. Necesitamos una semana más.

—No entiendo por qué Veronika hizo eso —decía la mujer entre sollozos—. Somos unos padres cariñosos, hemos intentado darle, a costa de mucho sacrificio, la mejor educación posible. Aunque tuviésemos nuestros problemas conyugales, mantuvimos a nuestra familia unida, como ejemplo de perseverancia ante las adversidades. Ella tiene un buen empleo, no es fea, y a pesar de eso...

—... y a pesar de eso intentó matarse —la interrumpió el doctor Igor—. No se sorprenda, señora mía, es así. Las personas son incapaces de entender la felicidad. Si lo desea, puedo mostrarle las estadísticas de Canadá.

—¿Canadá?

La mujer lo miró sorprendida. El doctor Igor vio que había conseguido distraerla, y continuó:

—Vea bien: usted viene aquí no para saber cómo está su hija, sino para disculparse por el hecho de que intentara suicidarse. ¿Cuántos años tiene ella?

—Veinticuatro.

—Es decir, es una mujer madura, vivida, que ya sabe bien lo que desea y es capaz de hacer sus elecciones. ¿Qué tiene que ver eso con su casamiento o con el sacrificio que usted y su marido hicieron? ¿Cuánto tiempo hace que ella vive sola?

—Seis años.

—¿Lo ve? Independiente hasta la raíz del alma. Pero porque un médico austríaco, el doctor Sigmund Freud, estoy seguro de que usted habrá oído hablar de él, escribió sobre estas relaciones enfermizas entre padres e hijos, hasta hoy todo el mundo se culpa de todo. ¿Acaso los indios piensan que un hijo que se convirtió en un asesino es una víctima de la educación de los padres? ¡Contésteme!

—No tengo la menor idea —respondió la mujer, cada vez más sorprendida con la actitud adoptada por el médico. Pensó que tal vez él se hubiese contagiado de sus propios pacientes.

—Pues voy a darle la respuesta —dijo el doctor Igor—. Los indios piensan que el asesino es culpable, y no la sociedad, ni sus padres ni sus antepasados. ¿Se suicidan los japoneses porque un hijo de ellos ha decidido drogarse y salir disparando? La respuesta también es la misma: ¡No! Y vea que, según me consta, los japoneses se suicidan por cualquier cosa; sin ir más lejos, el otro día leí una noticia de que un joven se mató porque no consiguió pasar el examen de ingreso en la universidad.

—¿Podré hablar con mi hija? —preguntó la mujer, que no estaba interesada en japoneses, indios ni canadienses.

—En seguida —repuso el doctor Igor, algo irritado por la interrupción—. Pero antes quiero que entienda usted una cosa: dejando aparte algunos casos patológicos graves, las personas pierden la razón cuando intentan huir de la rutina. ¿Lo ha entendido?

—Lo entendí muy bien —respondió ella—. Y si usted piensa que no seré capaz de cuidar de mi hija, puede quedarse tranquilo: yo nunca intenté cambiar mi vida.

—Qué bien. —El doctor Igor mostraba un cierto alivio—. ¿Imagina usted un mundo en el que, por ejemplo, no estuviésemos obligados a repetir todos los días de nuestras vidas lo mismo? Si decidiéramos, por ejemplo, comer solamente cuando tuviéramos hambre: ¿cómo se organizarían las amas de casa y los restaurantes?

«Sería más normal comer sólo cuando tuviésemos hambre», pensó la mujer, pero no dijo nada, temerosa de que le prohibiesen hablar con Veronika.

—Sería una confusión muy grande —dijo ella—. Yo soy ama de casa y lo comprendo muy bien.

—Entonces tenemos el desayuno, el almuerzo y la cena. Debemos despertarnos a una determinada hora todos los días, y descansar una vez a la semana. Existe la Navidad para hacer regalos, la Pascua para pasar tres días en el lago. ¿A usted le gustaría que su marido, sólo porque le entró un arrebato de pasión, quisiera hacer el amor en la sala?

«¿De qué está hablando este hombre? ¡Yo vine aquí para ver a mi hija!»

—Me entristecería —respondió la madre de Veronika con mucho cuidado, esperando haber acertado.

—¡Muy bien! —bramó el doctor Igor—. El lugar para hacer el amor es la cama. Si no, estaremos todos dando mal ejemplo y propagando la anarquía.

—¿Puedo ver a mi hija? —interrumpió la mujer.

El doctor Igor se resignó. Esta campesina nunca entendería de lo que estaba hablando, no estaba interesada en discutir la locura desde el punto de vista filosófico, aun sabiendo que su hija había hecho una muy seria tentativa de suicidio y entrado en coma.

Tocó un timbre y acudió su secretaria.

—Mande llamar a la chica que intentó quitarse la vida —ordenó—. Aquella que escribió a los periódicos diciendo que se suicidaba para mostrar dónde estaba Eslovenia.

—No quiero verla. Ya he cortado mis lazos con el mundo.

Había resultado difícil decir eso allí en la sala de estar, en presencia de todo el mundo. Pero el enfermero tampoco había sido discreto, pues avisó en voz alta que su madre la estaba esperando, como si fuese un asunto que interesase a todos.

No quería ver a la madre porque ambas sufrirían. Era mejor que ya la considerase muerta. Veronika siempre había odiado las despedidas.

El enfermero se fue y ella volvió a contemplar las montañas. Después de una semana de ausencia, el sol había finalmente retornado, y ella ya lo sabía desde la noche anterior porque se lo había dicho la luna mientras tocaba el piano.

«No, eso es locura, estoy perdiendo el control. Los astros no hablan, salvo para aquellos que se dicen astrólogos. Si la luna conversó con alguien fue con aquel esquizofrénico.»

No había terminado de pensar eso cuando sintió un pinchazo en el pecho y su brazo se quedó dormido. Veronika vio que el techo giraba a su alrededor: ¡el ataque cardíaco!

Entró en una especie de euforia, como si la muerte la liberase del miedo a morir. ¡Listo, ya se acababa todo! Quizás sentiría algún dolor, pero ¿qué eran cinco minutos de agonía a cambio de una eternidad en silencio? A continuación sólo atinó a cerrar los ojos; lo que más la horrorizaba era ver, en las películas, los ojos abiertos de los muertos.

Pero el ataque cardíaco parecía ser diferente de lo que había imaginado; su respiración comenzó a ser dificultosa y, aterrorizada, Veronika se dio cuenta de que estaba a punto de ser presa del peor de sus miedos: la asfixia. Iba a morir como si estuviese siendo enterrada viva o fuese lanzada de repente al fondo del mar.

Se tambaleó y cayó, sintiendo el fuerte golpe en su rostro. Continuó haciendo un esfuerzo enorme para respirar, pero le faltaba el aire. Y lo peor de todo es que la muerte no venía, estaba enteramente consciente de lo que ocurría a su alrededor, continuaba viendo los colores y las formas. Tenía dificultad para escuchar lo que los otros le decían; los gritos y exclamaciones parecían distantes, como venidos de otro mundo. Aparte de eso, todo lo demás era real, el aire no venía, simplemente no obedecía a las órdenes de sus pulmones y de sus músculos, y la conciencia no desaparecía.

Sintió que alguien la cogía y la giraba de espaldas, pero ahora había perdido el control del movimiento de los ojos, que giraban sin sentido, enviando centenares de imágenes diferentes a su cerebro y mezclando la sensación de sofoco con una completa confusión visual.

Poco a poco las imágenes fueron haciéndose también distantes y, cuando la agonía alcanzó su punto máximo, el aire finalmente entró, emitiendo un ruido tremendo, que hizo que todos los presentes en la sala quedaran paralizados de miedo.

Veronika empezó a vomitar descontroladamente. Una vez hubo pasado el momento más crítico, algunos locos comenzaron a reírse de la escena, y ella se sintió humillada, desorientada, incapaz de reaccionar.

Un enfermero entró corriendo y le aplicó una inyección en el brazo.

—Tranquila, que ya pasó.

—¡No me he muerto! —comenzó a gritar Veronika, avanzando en dirección a los internos y ensuciando el suelo y los muebles con su vómito—. ¡Continúo en esta porquería de hospicio, obligada a convivir con vosotros, viviendo mil muertes cada día, cada noche, sin que nadie se apiade de mí!

Se volvió hacia el enfermero, arrancó la jeringa de su mano y la tiró en dirección al jardín.

—¿Qué es lo que quieres? ¿Por qué no me inyectas veneno, sabiendo que ya estoy condenada? ¿No tienes sentimientos?

Sin conseguir controlarse, se volvió a sentar en el suelo y empezó a llorar de modo compulsivo, gritando, sollozando estentóreamente, mientras algunos internos reían y hacían comentarios sobre su ropa, completamente estropeada.

—¡Dele un calmante! —ordenó una doctora entrando apresuradamente—. ¡Controle la situación!

El enfermero, sin embargo, estaba paralizado. La doctora volvió a salir y regresó con dos enfermeros y una jeringa en su mano. Los hombres sujetaron a la histérica joven, que se debatía en medio de la sala, mientras la mujer le aplicaba hasta la última gota de calmante en la vena de un brazo totalmente sucio.

Se encontraba en el consultorio del doctor Igor, acostada en una cama inmaculadamente blanca, con sábanas nuevas.

Él auscultaba su corazón. Ella fingió que aún seguía dormida, pero algo dentro de su pecho había cambiado, porque el médico habló con la certeza de que estaba siendo oído.

—Quédese tranquila —le dijo—. Con la salud que tiene, puede vivir cien años.

Veronika abrió los ojos. Alguien le había cambiado su ropa. ¿Habría sido el doctor Igor? ¿La habría visto desnuda? Su cabeza no funcionaba bien aún.

—¿Qué es lo que ha dicho?

—Le dije que podía estar tranquila.

—No. Usted dijo que viviría cien años.

El médico se dirigió a su mesa.

—Usted dijo que yo viviría cien años —insistió Veronika.

—En medicina nada es definitivo —replicó el doctor Igor—. Todo es posible.

—¿Cómo está mi corazón?

—Igual.

Entonces no necesitaba ya nada. Los médicos ante un caso grave suelen aseverar: «Usted conseguirá vivir cien años» o «no es nada serio» o «usted tiene un corazón y una presión propios de un niño», o también: «tenemos que repetir los exámenes». Parece que teman que el paciente vaya a destrozar todo el consultorio.

Ella intentó levantarse, pero no lo consiguió: la sala entera había comenzado a girar a su alrededor.

—Quédese ahí un poco más, hasta que se sienta mejor. Usted no me molesta.

«¡Qué bien! —pensó Veronika—. ¿Pero, y si molestara?»

Como médico experimentado que era, el doctor Igor permaneció en silencio algún tiempo, simulando interesarse en los papeles diseminados sobre su mesa. Cuando nos hallamos delante de otra persona y ella no nos dice nada, la situación tórnase irritante, tensa, insoportable. El doctor Igor tenía la esperanza de que la chica empezara a hablar y él pudiera recoger más datos para su tesis sobre la locura y el método de curación que estaba desarrollando.

Pero Veronika no pronunció palabra alguna. «Quizás ya se encuentre en un grado de envenenamiento demasiado alto a causa del vitriolo», pensó el doctor Igor mientras se decidía a romper el silencio, que se estaba volviendo tenso, irritante, insoportable.

—Parece que le gusta tocar el piano —dijo, procurando ser lo más informal posible.

—Y a los locos les gusta oírlo. Ayer hubo uno que se quedó enganchado, escuchando —replicó Veronika.

—Eduard. Él comentó con alguien que le había encantado. A lo mejor eso ayuda a que vuelva a alimentarse como una persona normal.

—¿A un esquizofrénico puede gustarle la música? ¿Y comentarlo con los otros? —inquirió la joven.

—Sí. Y apuesto a que usted no tiene la menor idea de lo que está diciendo.

Aquel médico (que más parecía un paciente, con sus cabellos teñidos de negro) tenía razón. Veronika había escuchado la palabra muchas veces pero no tenía idea de lo que significaba.

—¿Puede curarse? —quiso saber, intentando ver si obtenía más informaciones sobre el tema.

—Puede controlarse. Aún no se sabe bien lo que pasa en el mundo de la locura: todo es nuevo, y los procesos cambian cada década. Un esquizofrénico es una persona que ya tiene una tendencia natural para ausentarse de este mundo, hasta que un hecho, grave o superficial, dependiendo de cada caso, hace que cree una realidad sólo para él. El caso puede evolucionar hasta un punto en que el paciente se ausente totalmente de la realidad, lo que llamamos catatonia, o, por el contrario, puede remitir a la larga, y permitir que el paciente trabaje y desarrolle una vida prácticamente normal. Depende tan sólo de un factor: el ambiente.

—Crear una realidad sólo para él —repitió Veronika—. ¿Qué es la realidad?

—Es lo que la mayoría de la gente consideró que debía ser. No necesariamente lo mejor, ni lo más lógico, sino lo que se adaptó al deseo colectivo. ¿Usted ve lo que llevo alrededor del cuello?

—Una corbata.

—Muy bien. Su respuesta es lógica y coherente, propia de una persona absolutamente normal: «una corbata».

»Un loco, sin embargo, diría que yo tengo alrededor

del cuello una tela de colores, ridícula, inútil, atada de una manera complicada, que termina dificultando los movimientos de la cabeza y exigiendo un esfuerzo mayor para que el aire pueda penetrar en los pulmones. Si yo me distrajera estando cerca de un ventilador, podría morir estrangulado por esta tela.

»Si un loco me preguntara para qué sirve una corbata, yo tendría que responderle: para absolutamente nada. Ni siquiera para adornar, porque hoy en día se ha tornado en el símbolo de la esclavitud, del poder, del distanciamiento. La única utilidad de la corbata consiste en llegar a la casa y podérnosla quitar, dándonos la sensación de que estamos libres de algo que no sabemos lo que es.

»¿Pero la sensación de alivio justifica la existencia de la corbata? No. Aun así, si yo pregunto a un loco y a una persona normal qué es eso, será considerado cuerdo aquel que responda: «una corbata». No importa quién dice la verdad, importa quién tiene razón.

—De donde usted dedujo que no estoy loca, pues di el nombre adecuado a la tela de colores.

«No, usted no está loca», pensó el doctor Igor, una autoridad en el tema, poseedor de varios diplomas expuestos en la pared de su consultorio. Atentar contra la propia vida era propio del ser humano. Conocía a mucha gente que lo hacía y aun así continuaba aparentando inocencia y normalidad en su relación con los demás, sólo porque no había elegido el escandaloso método del suicidio. Se mataban lentamente, envenenándose con aquello que el doctor Igor llamaba vitriolo.

El vitriolo era un producto tóxico cuyos síntomas él

había identificado en sus conversaciones con los hombres y mujeres que conocía. Estaba ahora escribiendo una tesis sobre el asunto, que sometería a la Academia de Ciencias de Eslovenia para su estudio. Era el paso más importante en el campo de la insania mental desde que el doctor Pinel mandara retirar las cadenas que aprisionaban a los enfermos, revolucionando de esa manera el mundo de la medicina con la idea de que algunos de ellos tenían posibilidades de curación.

Al igual que la libido —una reacción química responsable del deseo sexual, que el doctor Freud había reconocido pero que ningún laboratorio había sido jamás capaz de aislar—, el vitriolo era destilado por los organismos de los seres humanos que se encontraban en situación de miedo, aunque continuase invisible en las modernas pruebas de espectrografía. Pero era fácilmente reconocible por su sabor, que no era ni dulce ni salado, sino amargo. El doctor Igor, descubridor aún no reconocido de este veneno mortal, lo había bautizado con el nombre de un veneno muy utilizado en el pasado por emperadores, reyes y amantes de todos los tipos cuando necesitaban desembarazarse definitivamente de una persona incómoda.

Buenos tiempos aquellos de emperadores y reyes: en aquella época se vivía y moría con romanticismo. El asesino convidaba a la víctima a una espléndida cena, el sirviente entraba con dos hermosas copas, una de ellas con el vitriolo mezclado en la bebida: ¡cuánta emoción despertaban los gestos de la víctima tomando la copa, diciendo algunas palabras, dulces o agresivas, bebiendo como si fuera un vino embriagador, mirando sorprendida al anfitrión y cayendo fulminada en el suelo!

Pero este veneno, hoy caro y difícil de encontrar en

el mercado, fue sustituido por procedimientos mortales más seguros, como revólveres, bacterias, etc. El doctor Igor, un romántico por naturaleza, había rescatado el nombre casi olvidado para bautizar la enfermedad del alma que él había conseguido diagnosticar y cuyo descubrimiento en breve asombraría al mundo.

Era curioso que nadie jamás se hubiera referido al vitriolo como un preparado tóxico mortal, aun cuando la mayoría de las personas afectadas identificase su sabor y se refiriese al proceso de envenenamiento como *amargura*. Todos los seres tenían amargura en su organismo, en mayor o menor grado, así como casi todos tenemos el bacilo de la tuberculosis. Pero estas dos enfermedades sólo atacan cuando el paciente se encuentra debilitado; en el caso de la amargura, el terreno propicio para el surgimiento de la enfermedad aparece cuando se crea el miedo a la llamada «realidad».

Ciertas personas, en el afán de querer construir un mundo donde ninguna amenaza externa pueda penetrar, aumentan exageradamente sus defensas contra el exterior (gente extraña, nuevos lugares, experiencias diferentes) y dejan su interior desguarnecido. Y a partir de ahí la amargura comienza a causar daños irreversibles.

El gran objetivo de la amargura (o vitriolo, como prefería decir el doctor Igor) era la voluntad. Las personas atacadas por este mal iban perdiendo la facultad de desear y en pocos años ya no conseguían salir de su mundo, pues habían invertido enormes reservas de energía construyendo altas murallas para que la realidad fuese sólo aquello que anhelaban fervientemente.

Al conjurar el ataque externo, habían limitado también el crecimiento interno. Continuaban yendo al trabajo, viendo televisión, protestando contra el tránsito y procreando, pero todo eso sucedía automáticamente y con la ausencia absoluta de toda emoción interior porque, finalmente, todo se hallaba bajo control.

El gran problema del envenenamiento mediante amargura residía en que las pasiones —odio, amor, desesperación, entusiasmo, curiosidad— también dejaban de manifestarse. Después de algún tiempo, ya no le restaba al amargado ningún deseo. No tenían ganas ni de vivir, ni de morir: ésta era la dramática situación.

Por eso, para los amargados —definitivamente amargos—, los héroes y los locos eran siempre fascinantes: ellos no tenían miedo de vivir o morir. Tanto a los héroes como a los locos el peligro les era indiferente, y seguían adelante aunque las personas de su entorno intentaran detenerlos. El loco se suicidaba, el héroe se ofrecía al martirio en nombre de una causa, pero ambos morían, y los amargos pasaban muchas noches y días comentando lo absurdo y la gloria de aquellos dos tipos. Era el único momento en que el amargo tenía fuerzas para saltar sobre su muralla defensiva y mirar un poco el exterior; pero pronto las manos y los pies se cansaban, y él retornaba a su vida cotidiana.

El amargo crónico sólo notaba su enfermedad una vez por semana: en las tardes de domingo. En esos momentos, como no tenía el trabajo o la rutina para aliviar los síntomas, notaba que alguna cosa andaba mal, ya que la paz de aquellas tardes le resultaba infernal, el tiempo no pasaba nunca y una constante irritación se manifestaba sin tapujos.

Pero llegaba el lunes y el amargo pronto olvidaba sus síntomas, aunque protestara con energía contra el hecho de que nunca tenía tiempo para descansar y lamentara vivamente que los fines de semana transcurrieran con excesiva rapidez.

La única gran ventaja de la enfermedad, desde el punto de vista social, es que ya se había transformado en una regla; por consiguiente, el internamiento ya no era necesario, excepto en los casos en que la intoxicación era tan aguda que la conducta del enfermo comenzaba a afectar a los otros. Sin embargo, la mayoría de los amargos podían continuar afuera sin constituir una amenaza para la sociedad en general o las personas en particular, ya que, por causa de las altas murallas edificadas alrededor de ellos mismos, se hallaban totalmente aislados del mundo, aun cuando pareciesen compartirlo.

El doctor Sigmund Freud había descubierto la libido y el procedimiento para remediar los problemas causados por ella, inventando el psicoanálisis. Además de descubrir la existencia del vitriolo, el doctor Igor necesitaba probar que también en este caso la curación era posible. Quería dejar su nombre en los anales de la historia de la medicina, aun cuando no se ilusionara en relación a las dificultades que tendría que enfrentar para imponer sus ideas, ya que los «normales» estaban satisfechos de sus vidas y jamás admitirían su enfermedad, mientras que los «enfermos» servían de justificación a la existencia de una gigantesca industria de asilos, laboratorios, congresos, etc.

«Sé que el mundo no reconocerá ahora mi esfuerzo», se dijo, orgulloso de ser incomprendido. Al fin y al cabo, ése era el precio que los genios tenían que pagar.

—¿Qué le ha pasado? —preguntó la joven frente a él—. Da la impresión de que hubiera entrado en el mundo de sus pacientes.

El doctor Igor dejó pasar el impertinente comentario.

—Puede irse ya —dijo.

Veronika no sabía si era de día o de noche, pues aunque el doctor Igor tenía la luz encendida, acostumbraba a hacerlo todas las mañanas; pero al llegar al corredor vio la luna, y se dio cuenta de que había dormido más tiempo de lo que pensaba.

En el camino hacia la enfermería, se fijó en una fotografía enmarcada en la pared: era la plaza central de Ljubljana, aún sin la estatua del poeta Prešeren, con varias parejas paseando, posiblemente en domingo.

Comprobó la fecha de la foto: verano de 1910.

Verano de 1910. Allí estaban aquellas personas, cuyos hijos y nietos ya habrían muerto, captadas en un momento de sus vidas. Las mujeres usaban pesados vestidos y todos los hombres llevaban sombrero, chaqueta, corbata (o tela de colores, como la llamaban los locos), polainas y paraguas al brazo.

¿Y el calor? La temperatura debía de ser la misma que en los veranos actuales, 35° a la sombra. Si hubiese aparecido un inglés con bermudas y en mangas de camisa (vestimenta mucho más apropiada para el calor), ¿qué habrían pensado estas personas?

«Un loco.»

Había entendido perfectamente bien lo que el doctor Igor había querido expresar. De la misma manera entendía que siempre había tenido en su vida mucho amor, cariño, protección, pero le había faltado un elemento para transformar todo eso en una bendición: debía haber sido un poco más loca.

Sus padres habrían continuado queriéndola de cualquier manera, pero ella no había osado pagar el precio de su sueño por miedo a herirlos. Aquel sueño que estaba enterrado en el fondo de su memoria, aunque a veces fuese despertado durante un concierto, o un hermoso disco escuchado por casualidad. No obstante, siempre que afloraba su sueño, el sentimiento de frustración que la embargaba era tan profundo que ella intentaba adormecerlo con presteza.

Veronika sabía, desde pequeña, cuál era su verdadera vocación: ¡ser pianista!

Lo había presentido desde que recibió su primera clase de piano, cuando contaba doce años de edad. Su profesora también había advertido su talento, y la había alentado para convertirse en una profesional. Sin embargo, cuando, feliz por un concurso que acababa de ganar, dijo a su madre que iba a dejar todo para dedicarse solamente al piano, ella la había mirado con cariño y había comentado:

—Nadie vive de tocar el piano, amor mío.

—¡Pero si tú misma me has hecho tomar las clases!

—Solamente para desarrollar tus dotes artísticas; a los maridos les gusta, y puedes lucirte en las fiestas. Olvida ese capricho de ser pianista y ponte a estudiar derecho, que es la profesión del futuro.

Veronika hizo lo que le pidió su madre, segura de que ella tenía la suficiente experiencia para *entender lo que era la realidad*. Terminó sus estudios, entró en la facultad y salió de ella con un diploma y notas altas... pero sólo consiguió un empleo de bibliotecaria.

«Debía haber sido más loca», reflexionó. Pero, como sucede con la mayoría de las personas, lo había descubierto demasiado tarde.

Iba a continuar su camino cuando alguien la sujetó por el brazo. El poderoso calmante que le habían aplicado aún circulaba por sus venas, y por eso no reaccionó cuando Eduard, el esquizofrénico, delicadamente fue llevándola en una dirección diferente, hacia la sala de estar.

La luna continuaba en cuarto creciente y Veronika ya se había sentado al piano, atendiendo al silencioso pedido de Eduard, cuando empezó a oír una voz que procedía del refectorio. Pertenecía a alguien que hablaba con acento extranjero, y Veronika no recordaba haberlo escuchado en Villete.

—No quiero tocar el piano ahora, Eduard. Quiero saber lo que pasa en el mundo, lo que hablan aquí al lado, quién es ese hombre extraño.

Eduard sonreía, quizás sin entender una sola palabra de lo que le estaban diciendo. Pero ella recordó lo que había dicho el doctor Igor: los esquizofrénicos podían entrar y salir de sus aisladas realidades.

—Voy a morir —prosiguió Veronika, con la esperanza de que sus palabras tuvieran sentido—. La muerte rozó hoy mi rostro con sus alas y llamará a mi puerta mañana o pasado mañana. Es preferible que no te acostumbres a escuchar un piano todas las noches.

»Nadie puede acostumbrarse a nada, Eduard. Fíjate: yo estaba volviendo a apreciar el sol, las montañas, y hasta a aceptar los problemas; estaba incluso aceptando que la falta de sentido de la vida no era culpa de nadie más que de mí misma. Quería volver a ver la plaza de Ljubljana, sentir odio y amor, desesperación y tedio, todas esas cosas sencillas y banales que forman parte de lo cotidiano y dan sabor a la existencia. Si algún día pudiese salir de aquí, me permitiría ser loca, porque todo el mundo lo es. Y peores son aquellos que no saben que lo son, porque pasan su vida repitiendo constantemente lo que los otros les mandan.

»Pero nada de eso es posible, ¿has entendido? Del mismo modo tú no puedes pasar el día entero esperando que llegue la noche y que una de las internas toque el piano, porque eso se acabará muy pronto. Mi mundo y el tuyo han llegado al final.

Se levantó, tocó cariñosamente el rostro del muchacho y se dirigió al refectorio.

Al abrir la puerta se encontró con una escena insólita: las mesas y las sillas habían sido desplazadas hacia la pared, dejando un gran espacio vacío en el centro. Allí, sentados en el suelo, estaban los miembros de la Fraternidad, escuchando a un hombre con chaqueta y corbata.

—... entonces convidaron al gran maestro de la tradición sufí, Nasrudin, a dar una conferencia —estaba diciendo.

Cuando la puerta se abrió, todos los presentes miraron a Veronika. El hombre de la chaqueta se dirigió a ella:

—Siéntese.

Ella se sentó en el suelo, junto a una señora de cabellos blancos, Mari, la que había sido tan agresiva con ella cuando se conocieron. Ante su sorpresa, Mari le dedicó una sonrisa de bienvenida.

El hombre de la chaqueta continuó:

—Nasrudin fijó la conferencia para las dos de la tarde, y fue un éxito: se vendieron íntegramente los mil asientos y quedaron más de seiscientas personas afuera, que siguieron la disertación a través de un circuito cerrado de televisión.

»A las dos en punto entró un subordinado de Nasrudin e informó que por motivos de fuerza mayor la conferencia se atrasaría. Algunos se levantaron indignados, pidieron que se les devolviera el importe de la entrada y se fueron. Pero aun así permaneció mucha gente dentro y fuera de la sala.

»Cuando el reloj señaló las cuatro de la tarde, el maestro sufí aún no había aparecido y la gente fue lentamente abandonando el local y recobrando el dinero de su entrada; al fin y al cabo el horario de trabajo estaba terminando y era la hora de regresar a casa. Cuando dieron las seis, los mil setecientos asistentes iniciales se habían reducido a menos de un centenar.

»En ese momento, Nasrudin entró. Parecía completamente borracho y empezó a decir tonterías de mal gusto a una bonita joven que estaba sentada en la primera fila.

»Pasada la sorpresa, los asistentes empezaron a indignarse: ¡cómo, después de hacerse esperar cuatro horas enteras, ese hombre se comportaba de tal manera! Entonces se oyeron algunos murmullos de desaprobación, pero el maestro sufí no les dio ninguna importancia, sino que continuó, a voz en cuello, alabando el atractivo de la chica y convidándola a viajar con él a Francia.

«¡Qué maestro! —pensó Veronika—. Menos mal que yo nunca creí en estas cosas.»

—Luego de proferir algunas palabrotas en contra de las personas que protestaban —prosiguió el hombre de la chaqueta—, Nasrudin intentó levantarse y cayó pesadamente al suelo. Indignadas, las personas asistentes decidieron marcharse, diciendo que todo aquello no pasaba de ser puro charlatanismo y que irían a los periódicos a denunciar aquel espectáculo degradante.

»Y así el grupo de ofendidos dejó el recinto. Nueve personas continuaron en la sala. Nasrudin se levantó; estaba sobrio, sus ojos irradiaban luz, y había en torno de él una aura de respetabilidad y sabiduría. «Vosotros, los que os habéis quedado, sois los que me tenéis que oír —dijo—. Habéis pasado por las dos pruebas más duras en el camino espiritual: la paciencia para esperar el momento adecuado y el coraje de no decepcionaros con lo que habéis encontrado. A vosotros os enseñaré.»

»Y Nasrudin compartió con ellos algunas de las técnicas sufíes.

El hombre hizo una pausa y extrajo del bolso una extraña flauta.

—Ahora vamos a descansar un poco y después haremos nuestra meditación.

El grupo se levantó. Veronika no sabía qué hacer.

—Levántate también —le dijo Mari, cogiéndola de la mano—. Tenemos cinco minutos de recreo.

—Me voy, no quiero molestar.

Mari se la llevó a un rincón.

—¿Es posible que no hayas aprendido nada, ni siquiera con la proximidad de la muerte? ¡Deja de estar pensando siempre que causas alguna molestia, coacción o perturbación a tu prójimo! ¡Si así fuera, la gente ya protestaría, y si no tuvieran valor para hacerlo, es su problema!

—Aquel día, cuando me acerqué a ustedes, estaba haciendo algo que nunca me había atrevido a realizar antes.

—Y te dejaste acobardar por una simple broma de locos. ¿Por qué no seguiste adelante? ¿Qué temías perder?

—Mi dignidad. Estar donde no soy bienvenida.

—¿Qué es la dignidad? ¿Es querer que todo el mundo te encuentre buena, bien educada, llena de amor al prójimo? Respeta la naturaleza: mira más películas de animales y fíjate en cómo ellos luchan por su espacio. Todos nos alegramos con aquel bofetón que propinaste.

Veronika consideraba que ya no le quedaba tiempo para luchar por ningún espacio y decidió cambiar de tema y preguntar quién era aquel hombre.

—Estás mejorando —replicó Mari riendo—. Haces preguntas sin miedo de que piensen que eres indiscreta. Ese hombre es un maestro sufí.

—¿Qué quiere decir sufí?

—Lana.

Veronika no entendía. ¿Lana?

—El sufismo es una tradición espiritual de los derviches en la que los maestros no buscan mostrar sabiduría y los discípulos bailan, giran sobre sí mismos y entran en trance.

—¿Y para qué sirve eso?

—No estoy bien segura; pero nuestro grupo decidió vivir todas las experiencias que se le habían prohibido. En el curso de nuestras vidas, las autoridades gubernamentales nos inculcaron que la única finalidad de la búsqueda espiritual era apartar al hombre de sus problemas reales. Ahora contéstame lo siguiente: ¿tú no crees que entender la vida es un problema real?

Sí, era un problema real. Además, ya no estaba segura de lo que la palabra *realidad* quería decir.

El hombre de la chaqueta (un maestro sufí, según Mari) pidió que todos se sentaran en círculo. De uno de los jarrones del refectorio retiró todas las flores, salvo una rosa roja, y lo colocó en el centro del grupo.

—Mira lo que hemos conseguido —comentó Veronika a Mari—. Algún loco decidió que era posible cultivar flores en invierno y hoy en día tenemos rosas el año entero en toda Europa. ¿Crees que un maestro sufí, con todo su conocimiento, es capaz de hacer eso?

Mari pareció adivinar su pensamiento.

—Deja las críticas para después.

—Lo intentaré. Porque todo lo que tengo es el presente y, dicho sea de paso, será bastante breve.

—Es todo lo que todo el mundo tiene, y es siempre muy breve, aunque algunos piensen que poseen un pasado, donde acumularon experiencias, y un futuro, donde acumularán aún más. Y de paso, hablando del presente, ¿tú ya te has masturbado mucho?

Aunque Veronika se hallara todavía bajo los efectos del sedante, recordó la primera frase que había escuchado en Villete.

—Cuando entré en Villete, inmovilizada por los tubos de respiración artificial, oí claramente que alguien me preguntaba si quería ser masturbada. ¿Qué es eso? ¿Por qué viven pensando en estas cosas aquí?

—Aquí y afuera. Sólo que en nuestro caso no necesitamos escondernos.

—¿Fuiste tú quien me lo preguntó?

—No. Pero creo que deberías saber hasta dónde puede llegar tu placer. La próxima vez, con un poco de paciencia, podrás llevar a tu pareja hasta allá, en vez de estar siendo guiada por él. Aunque sólo te queden dos días de vida, creo que no deberías partir de aquí sin saber hasta dónde podrías haber llegado.

—Sólo si fuera con el esquizofrénico que me está esperando para escuchar el piano.

—Por lo menos es un hombre guapo.

El hombre de la chaqueta pidió silencio, interrumpiendo la conversación. Mandó que todos se concentrasen en la rosa y vaciasen sus mentes.

—Los pensamientos volverán, pero procurad evitarlos. Tenéis dos caminos a elegir: dominar vuestra mente o ser dominados por ella. Ya habéis vivido esta segunda alternativa: os dejasteis llevar por los miedos, las neurosis y la inseguridad, porque el hombre tiende a la autodestrucción.

»No confundáis la locura con la pérdida de control. Recordad que, en la tradición sufí, el principal maestro —Nasrudin— es lo que todos llaman un loco. Y justamente porque su ciudad lo considera un demente, Nasrudin tiene la posibilidad de decir todo lo que piensa y hacer lo que le viene en gana. Así era cómo los bufones de la corte, en la época medieval, podían alertar al rey sobre los peligros que los ministros no osaban comentar porque temían perder sus cargos.

»Así debéis proceder vosotros: manteneos locos, pero comportaos como personas normales. Corred el riesgo de ser diferentes, pero aprended a hacerlo sin llamar la atención. Concentraos en esta flor y dejad que el verdadero Yo se manifieste.

—¿Qué es el verdadero Yo? —interrumpió Veronika.

Quizás lo supiesen todos allí, pero eso no importaba: a ella no debería preocuparle tanto incomodar o no a los demás.

El hombre pareció sorprendido con la interrupción, pero respondió:

—Es aquello que tú eres, no lo que hicieron de ti.

Veronika decidió hacer el ejercicio, empeñándose al máximo en descubrir quién era. En esos días en Villete había sentido cosas que nunca había experimentado con tanta intensidad: odio, amor, deseos de vivir, miedo, curiosidad. Tal vez Mari tuviera razón: ¿conocía realmente el orgasmo? ¿O sólo había llegado hasta donde los hombres la quisieron llevar?

El señor de la chaqueta empezó a tocar la flauta. Lentamente la música fue calmando su alma y ella consiguió fijarse en la rosa. Podía ser el efecto del sedante, pero el hecho es que desde que había salido del consultorio del doctor Igor se sentía muy bien.

Sabía que iba a morir muy pronto: ¿para qué sentir miedo? No ayudaría en nada, ni evitaría el fatídico ataque cardíaco. Lo más atinado sería aprovechar los días y las horas que le quedaban realizando lo que nunca había hecho.

La música llegaba queda a sus oídos y la exigua luz del refectorio había creado una atmósfera casi religiosa. Religión... ¿por qué no intentaba penetrar dentro de sí misma y averiguaba cuánto quedaba de sus creencias y de su fe?

Porque la música la conducía hacia otro ámbito: la instaba a no pensar, a no reflexionar acerca de su entorno, y limitarse a *ser*. Veronika se entregó, contempló la rosa, vio quién era, se gustó y lamentó haberse precipitado tanto.

Una vez hubo finalizado la meditación, el maestro sufí se retiró. Mari permaneció un poco más en el refectorio, charlando con los miembros de la Fraternidad. La chica se quejó de cansancio y se retiró, pues al fin y al cabo el sedante que le habían dado esa mañana era lo bastante fuerte como para hacer dormir a un toro, y aun así ella había conseguido tener fuerzas para mantenerse despierta hasta entonces.

«La juventud es así, establece los propios límites sin preguntar si el cuerpo es capaz de soportarlos. Y el cuerpo siempre lo es.»

Mari no tenía sueño; había dormido hasta tarde, y después había decidido dar un paseo por la ciudad, puesto que el doctor Igor exigía que los miembros de la Fraternidad salieran de Villete todos los días. Había ido al cine y se había vuelto a dormir en la butaca viendo una película aburridísima sobre conflictos entre marido y mujer. ¿Será posible que no tengan otro tema? ¿Por qué repetir siempre las mismas historias: marido con amante, marido con mujer e hijo enfermo, marido con mujer, amante e hijo enfermo? En el mundo había asuntos más importantes que contar.

La charla en el refectorio duró poco; la meditación había relajado al grupo y todos decidieron regresar a sus dormitorios, menos Mari, que salió a dar un paseo por el jardín. En su camino pasó por la sala de estar y vio a Veronika, que aún no se había retirado a su cuarto: estaba tocando para Eduard, el esquizofrénico, que posiblemente se había quedado esperando al lado del piano mientras duró la conferencia del maestro sufí. Los locos, como los niños, sólo desisten de su actitud cuando ven satisfechos sus deseos.

El aire estaba helado. Mari regresó, cogió un abrigo y volvió a salir. Allá fuera, lejos de los ojos de todos, encendió un cigarrillo. Fumó sin culpa y sin prisa, reflexionando sobre la chica, el piano que escuchaba y la vida del lado exterior a los muros de Villete, que se estaba volviendo insoportablemente difícil para todo el mundo.

En opinión de Mari, esta dificultad no se debía al caos, o a la desorganización o a la anarquía, sino al exceso de orden. La sociedad se regía cada vez por medio de más reglas, y leyes para contrariar las reglas, y nuevas reglas para contrariar las leyes; eso sembraba el temor en las personas, que ya no daban siquiera un paso que las alejara del cumplimiento del reglamento invisible que guiaba la vida de todos.

Mari tenía su propia experiencia para avalar esa opinión. Había pasado cuarenta años de su vida trabajando como abogada hasta que su enfermedad la trajo a Villete. Ya desde el comienzo de su carrera había perdido rápidamente su ingenua visión de la justicia y había pasado a entender que las leyes no habían sido creadas para resolver problemas, sino para prolongar indefinidamente las reyertas y las diferencias.

Era una pena que Alá, Jehová, Dios —no importa el nombre que se le diera— no hubiera vivido en el mundo actual. Porque si así fuese, todos nosotros estaríamos aún en el Paraíso mientras que él estaría respondiendo a recursos, apelaciones, rogatorias, exhortos, interdictos, preliminares, procedimientos, y tendría que explicar en innumerables audiencias su decisión de expulsar a Adán y Eva del Paraíso, apenas por transgredir una ley arbitraria sin ningún fundamento jurídico: no comer el fruto del árbol del Bien y del Mal.

Si Él no quería que eso sucediera, ¿por qué dispuso que el árbol se alzara en medio del Jardín y no fuera de los muros del Paraíso? Si la designaran defensora de la pareja, Mari seguramente acusaría a Dios de «omisión administrativa», porque además de emplazar el árbol en un lugar incorrecto, no lo rodeó de advertencias ni barreras, dejando de adoptar los mínimos requisitos de seguridad, y exponiendo a todos los que pasaban por allí al peligro.

Mari también podría acusarlo de «inducción al delito», puesto que atrajo la atención de Adán y Eva hacia el lugar exacto donde se encontraba. Si no hubiese dicho nada, generaciones y generaciones pasarían por esta Tierra sin que nadie se interesara por el fruto prohibido, ya que debería estar en un bosque lleno de árboles semejantes y, por lo tanto, sin ostentar ningún valor específico.

Pero Dios no había actuado así. Por el contrario, escribió la ley y encontró la manera de convencer a alguien para que la transgrediera, tan sólo para poder inventar el Castigo. Sabía que Adán y Eva acabarían aburridos de tanta perfección y, tarde o temprano, pondrían a prueba Su paciencia. Y se quedó allí, esperando, porque tal vez también Él —Dios Todopoderoso— se hallaba aburrido de que todo en la creación discurriera a la perfección; si Eva no hubiese comido la manzana, ¿qué es lo que hubiera sucedido de interesante en estos miles de millones de años?

Nada.

Cuando la ley fue violada, Dios —el Juez Todopoderoso— aún simuló una persecución, como si no conociese todos los escondrijos posibles que hubiese en el Jardín. Con los ángeles mirando y divirtiéndose con la broma (la vida para ellos también debía de ser muy tediosa desde que Lucifer dejara el Cielo), Él empezó a caminar. Mari imaginaba cómo de aquel episodio de la Biblia se podía obtener una hermosa escena para un filme de suspense: los pasos de Dios, las miradas asustadas que la pareja intercambiaba entre sí, los pies que súbitamente se detenían junto al escondrijo.

—*¿Dónde estás?* —había preguntado Dios.

—*Oí vuestro paso en el jardín, tuve miedo y me escondí porque estoy desnudo* —había respondido Adán sin saber que, a partir de esta afirmación, se convertía en reo confeso de un crimen.

Listo. Mediante un simple truco, aparentando no saber dónde estaba Adán ni el motivo de su fuga, Dios había conseguido lo que deseaba. Aun así, para no dejar ninguna duda al público angelical que asistía atentamente al episodio, Él había decidido ir más lejos.

—*¿Cómo sabes que estás desnudo?* —había interrogado Dios, sabiendo que esta pregunta sólo tenía una respuesta posible: «*Porque comí del árbol que me permite entenderlo.*»

Con aquella pregunta, Dios demostró a sus ángeles que era justo y que estaba condenando a la pareja en base a todas las pruebas existentes. A partir de allí ya no importaba saber si la culpa era de la mujer, y las súplicas de perdón serían inútiles. Dios necesitaba un ejemplo para que ningún otro ser, terrestre o celeste, tuviese nunca más el atrevimiento de ir en contra de Sus decisiones.

Y así expulsó a la pareja, sus hijos terminaron pagando también por el delito (como sucede en la actualidad con los hijos de los criminales) y el sistema judicial había sido inventado: ley, transgresión de la ley (lógica o absurda, no tenía importancia), juicio (donde el más experimentado vencía al ingenuo) y castigo.

Como toda la humanidad había sido condenada sin derecho a recurrir la sentencia, los seres humanos decidieron crear mecanismos de defensa para la eventualidad de que Dios decidiera mostrar de nuevo Su poder arbitrario. Pero en el transcurso de los milenios de estudios, los hombres inventaron tantos recursos que terminaron exagerando el número, y ahora la justicia era una maraña de cláusulas, jurisprudencias y textos contradictorios que nadie conseguía entender cabalmente.

Tanto es así que cuando Dios decidió cambiar de idea y mandar a Su Hijo para salvar al mundo, ¿qué sucedió? Cayó en las redes de la justicia que Él había creado.

La maraña de leyes terminó generando tanta confusión que el Hijo acabó crucificado. No fue un proceso sencillo: Jesús pasó de Anás a Caifás, de los sacerdotes a Pilatos, quien adujo que no existían leyes suficientes según el Código romano. De Pilatos a Herodes que, a su vez, alegó que el código judío no contemplaba la condena a muerte. De Herodes otra vez a Pilatos, que aún intentó una apelación ofreciendo un acuerdo jurídico al pueblo: azotó al acusado y mostró sus heridas, pero no sirvió de nada.

Como hacen los modernos promotores, Pilatos resolvió promoverse a costa del condenado: ofreció entonces cambiar a Jesús por Barrabás, sabiendo que la justicia a estas alturas ya se había convertido en un gran espectáculo donde era preciso un final apoteósico, con la muerte del reo.

Finalmente, Pilatos usó el artículo que facultaba al juez —y no a quien estaba siendo juzgado— el beneficio de la duda: se lavó las manos, lo que quiere decir «ni sí, ni no». Era un artificio más para preservar el sistema jurídico romano sin dañar las buenas relaciones con los magistrados locales; permitía, además, que el peso de la decisión fuese transferido al pueblo en el caso de que aquella sentencia acabara creando problemas tales como la venida de algún inspector de la capital del Imperio para verificar personalmente lo que sucedía.

Justicia. Derecho. Aunque fuese indispensable para ayudar a los inocentes, no siempre funcionaba de manera que agradase a todos. Mari se alegró de estar lejos de todo ese ambiente, aun cuando esa noche, con aquel piano tocando, no estuviese tan segura de que Villete fuera el lugar más indicado para ella.

«Si alguna vez decido salir de aquí, nunca más me implicaré en el mundo de la justicia, no pienso convivir con locos que se juzgan normales e importantes, pero cuya única función en la vida es dificultar la de los otros. Prefiero ser modista, bordadora o vendedora de fruta frente al teatro Municipal; ya cumplí mi parte de locura inútil.»

En Villete estaba permitido fumar, pero estaba prohibido tirar el cigarrillo en la hierba. Con placer hizo lo que estaba prohibido, porque la gran ventaja de estar allí era no respetar los reglamentos y, a pesar de ello, estar a resguardo de las consecuencias.

Se acercó a la puerta de la entrada. El vigilante (siempre había un vigilante allí; al fin y al cabo, ésta era la ley) la saludó con la cabeza y abrió la puerta.

—No voy a salir —dijo ella.

—Bonito piano —respondió el vigilante—. Lo oigo casi todas las noches.

—Pues se acabará pronto —contestó Mari mientras se alejaba velozmente para evitar dar explicaciones.

Se acordó de lo que había leído en los ojos de la chica cuando entró en el refectorio: miedo.

Miedo. Veronika podía sentir inseguridad, timidez, vergüenza, falta de libertad, pero ¿por qué miedo? Este sentimiento sólo se justifica ante una amenaza concreta —como animales feroces, personas armadas, terremotos—, jamás por un grupo reunido en un refectorio.

«Pero el ser humano es así —se consoló—. Sustituye gran parte de sus emociones por el miedo.»

Y Mari sabía muy bien de lo que estaba hablando, porque éste había sido el motivo que la llevó a Villete: el síndrome del pánico.

Mari mantenía en su cuarto una verdadera colección de artículos sobre la enfermedad. Hoy ya se hablaba abiertamente del tema, y recientemente había visto un programa de la televisión alemana donde algunas personas relataban sus experiencias. En este mismo programa, una pesquisa revelaba que parte de la población humana sufre el síndrome del pánico, aun cuando todos los afectados procurasen esconder los síntomas por temor a ser considerados locos.

Pero en la época en que Mari había sufrido su primer ataque, nada de eso era conocido. «Fue el infierno. El verdadero infierno», pensó, encendiendo otro cigarrillo.

El piano continuaba sonando; la chica parecía tener la energía suficiente como para pasar la noche en vela.

Desde que Veronika llegara al sanatorio, muchos internos se habían visto afectados por su presencia, y Mari era una de ellos. Al principio había procurado mantenerse alejada, temiendo despertar sus ganas de vivir; era mejor que continuase deseando la muerte, ya que no podía evitarla. El doctor Igor había propagado el rumor de que, aunque continuase aplicándole inyecciones todos los días, el estado de la chica se deterioraba claramente, y no conseguiría salvarla de ninguna manera.

Los internos habían entendido el mensaje, y se mantenían distantes de la mujer condenada. Pero, sin que nadie supiese exactamente por qué, Veronika había comenzado a luchar por su vida, aunque sólo dos personas se le hubieran aproximado: Zedka, que salía mañana y no era muy habladora, y Eduard.

Mari necesitaba tener una conversación con Eduard: él siempre la escuchaba con respeto. ¿Es que el joven no entendía que la estaba devolviendo al mundo? ¿Y que eso era lo peor que podía hacer con una persona sin esperanza de salvación?

Consideró mil maneras de explicar el asunto; pero todas ellas iban a crearle un sentimiento de culpa, y esto ella no lo haría nunca. Mari reflexionó un poco y decidió dejar las cosas correr a su ritmo normal; ya no ejercía de abogada, y no quería dar el mal ejemplo de crear nuevas leyes de conducta en un lugar donde debía reinar la anarquía.

Pero la presencia de la chica había afectado a mucha gente allí, y algunos estaban dispuestos a replantear sus vidas. En una de las reuniones de la Fraternidad, alguien había intentado explicar lo que estaba sucediendo: los fallecimientos en Villete ocurrían de repente, sin dar tiempo a que nadie meditara en ello, o al final de una larga enfermedad, cuando la muerte es siempre una bendición.

En el caso de aquella chica, sin embargo, el panorama era dramático: porque era joven, estaba deseando volver a vivir y todos sabían que eso era imposible. Algunos se preguntaban: «¿Y si eso me estuviese pasando a mí? ¿Y yo, que tengo una oportunidad, la estaré aprovechando?»

Otros no se preocupaban por la respuesta; hace mucho tiempo que habían desistido y ya formaban parte de un mundo donde no existe ni vida ni muerte, ni espacio ni tiempo. Pero muchos, no obstante, se veían obligados a reflexionar, y Mari era uno de ellos.

Veronika dejó de tocar el piano por un instante y vio a Mari allá afuera, afrontando el frío nocturno con escaso abrigo; ¿querría suicidarse?

«No. Quien quiso hacerlo fui yo.»

Volvió al piano. En sus últimos días de vida había plasmado finalmente su gran sueño: tocar con alma y corazón, como y cuanto quisiera. No tenía importancia que su único auditorio fuese un muchacho esquizofrénico; él parecía entender la música, y era eso lo que importaba.

Mari nunca había pensado en el suicidio. Por el contrario, cinco años atrás, en el mismo cine al que fue hoy, había contemplado horrorizada una película sobre la miseria en El Salvador que le había hecho considerar lo importante que era su vida. En aquella época, con sus hijos crecidos y ya encaminados en sus respectivas profesiones, estaba decidida a dejar la tediosa e inacabable práctica de la abogacía para dedicar el resto de sus días a una entidad humanitaria. Los rumores de guerra civil en el país crecían a cada momento, pero Mari no les daba crédito: era imposible que al finalizar el siglo, la Comunidad Europea permitiese una nueva guerra en el continente.

Al otro lado del mundo, sin embargo, la gama de las tragedias era enorme. Y entre ellas estaba la de El Salvador, con sus criaturas pasando hambre en la calle y siendo obligadas a prostituirse.

—¡Qué horror! —comentó a su marido, que se hallaba sentado en el sillón de al lado.

Él asintió con la cabeza.

Hacía mucho tiempo que Mari venía atrasando la decisión, pero quizás fuese ya la hora de hablar con él. Ya habían recibido todo lo que la vida puede ofrecer de bueno: casa, trabajo, buenos hijos, el necesario confort, diversiones y cultura. ¿Por qué no hacer ahora algo por el prójimo? Mari tenía contactos con la Cruz Roja y sabía que necesitaban desesperadamente voluntarios en todas partes del mundo.

Estaba harta de trabajar luchando con la burocracia, los procedimientos, incapaz de ayudar a gente que perdía años de su vida intentando solucionar problemas que no habían creado. Trabajar en la Cruz Roja, en cambio, le daría resultados inmediatos.

Decidió que en cuanto salieran del cine le sugeriría ir a un café a discutir la idea.

La pantalla mostraba a un funcionario del gobierno salvadoreño dando una disculpa banal para determinada injusticia y, de repente, Mari sintió que su corazón se aceleraba.

Se dijo a sí misma que no era nada. Quizás el aire enrarecido de la sala la estuviese asfixiando; si el síntoma persistía, saldría al hall de entrada para respirar un poco.

Pero en una sucesión rápida de acontecimientos, el corazón comenzó a latir más y más fuerte y ella sintió un sudor frío.

Se asustó e intentó concentrar su atención en la película, para ver si alejaba de su mente cualquier pensamiento negativo. Sin embargo, advirtió que ya no conseguía seguir lo que estaba sucediendo en la pantalla; las imágenes continuaban desfilando ante sus ojos, los subtítulos eran visibles, pero Mari parecía haber entrado en una realidad completamente diferente, donde todo aquello era extraño, fuera de lugar, propio de un mundo donde jamás había estado antes.

—Me encuentro mal —dijo a su marido.

Había procurado evitar al máximo hacer este comentario porque significaba admitir que algo más profundo la afectaba. Pero era imposible atrasarlo más.

—Vámonos —respondió él.

Cuando tomó la mano de su mujer para ayudarla a levantarse, notó que estaba helada.

—No podré llegar hasta afuera. Por favor, dime qué me está pasando.

El marido se asustó. El rostro de Mari estaba cubierto de sudor y sus ojos tenían un brillo diferente.

—¡Cálmate! Saldré y llamaré a un médico.

Ella se desesperó. Las palabras tenían sentido, pero todo el resto —el cine, la penumbra, las personas sentadas una al lado de la otra y contemplando una pantalla iluminada—, todo aquello parecía amenazador. Tenía la seguridad de que estaba viva, podía hasta palpar la vida a su alrededor, como si fuese sólida. Y nunca le había pasado esto antes.

—No me dejes aquí sola, de ningún modo. Me levantaré y saldré contigo. Camina despacio.

Los dos pidieron permiso a los espectadores que se encontraban en la misma fila y empezaron a caminar en dirección al fondo de la sala, donde estaba la puerta de salida. El corazón de Mari estaba ahora completamente desbocado y ella tenía la certeza, absoluta certeza, de que nunca conseguiría salir de allí. Todo lo que hacía, cada gesto suyo —colocar un pie delante del otro, pedir permiso, agarrarse al brazo del marido, inspirar y espirar— parecía consciente y pensado, y aquello era aterrador.

Nunca había sentido tanto miedo en su vida.

«Me voy a morir dentro de un cine.»

Y le pareció que entendía lo que estaba pasando, porque una amiga suya había muerto dentro de un cine, muchos años atrás: un aneurisma había estallado en su cerebro.

Los aneurismas cerebrales son como bombas de tiempo. En los vasos sanguíneos se forman pequeñas varices —como ampollas o burbujas en neumáticos usados— y pueden quedarse ahí durante toda la existencia de una persona sin que pase nada. Nadie sabe si tiene un aneurisma hasta que es descubierto sin querer —como en el caso de una radiografía de cerebro hecha por otros motivos— o en el momento en que estalla, inundando todo de sangre, llevando inmediatamente a la persona al estado de coma y generalmente provocando su muerte al poco tiempo.

Mientras caminaba por el corredor de la sala oscura, Mari se acordaba de la amiga perdida. Lo más extraño, sin embargo, era cómo la explosión del aneurisma estaba afectando su percepción: parecía haber sido transportada a un planeta diferente, viendo cada cosa familiar como si fuera por primera vez.

Y el miedo aterrador, inexplicable, el pánico de hallarse sola en aquel otro planeta. La muerte.

«No puedo pensar. Tengo que fingir que todo está bien y todo acabará bien.»

Procuró actuar con naturalidad y durante algunos segundos la sensación de extrañeza se atenuó. Desde el momento en que sintió el primer síntoma de taquicardia hasta el instante en que alcanzó la puerta, había pasado los dos minutos más aterradores de su vida.

Cuando llegaron a la sala de espera iluminada, no obstante, todo empezó de nuevo. Los colores eran intensos, el ruido de la calle parecía entrar por doquier y el conjunto era totalmente irreal. Comenzó a reparar en detalles que nunca antes había notado: la nitidez de la visión, por ejemplo, que cubre apenas una pequeña área donde concentramos nuestros ojos, mientras que el resto queda completamente desenfocado.

Fue más lejos aún: sabía que todo lo que veía a su alrededor no pasaba de ser una escena creada por impulsos eléctricos dentro de su cerebro, utilizando impulsos de luz que atravesaban un cuerpo gelatinoso llamado ojo.

No. No podía empezar a pensar en eso. Si seguía por ese camino iba a terminar completamente loca.

A estas alturas, el miedo al aneurisma ya había desaparecido. Había salido del cine y continuaba viva, mientras que su amiga no había tenido ni tiempo de moverse de la butaca.

—Llamaré a una ambulancia —dijo su marido al ver el rostro pálido y los labios sin color de su mujer.

—Llama a un taxi —pidió Mari escuchando el sonido que salía de su boca, consciente de la vibración de cada cuerda vocal.

Ir al hospital significaba aceptar que estaba realmente muy mal, y Mari estaba decidida a luchar hasta el último minuto para que las cosas volviesen a ser lo que eran.

Salieron al exterior y el frío cortante pareció ejercer algún efecto positivo; Mari fue recuperando poco a poco el control de sí misma, aun cuando el pánico, el terror inexplicable, continuase. Mientras el marido, desesperado, intentaba encontrar un taxi a aquella hora de la noche, ella se sentó en el borde de la acera y procuró no mirar lo que le rodeaba, porque los chicos jugando, los autobuses circulando, la música que venía de un parque de atracciones en las cercanías, todo aquello parecía absolutamente surrealista, intimidante, irreal.

Finalmente apareció un taxi.

—¡Al hospital! —ordenó el marido, ayudando a la mujer a entrar.

—A casa, por el amor de Dios —pidió ella. No quería más lugares extraños, necesitaba desesperadamente cosas familiares, iguales, capaces de disminuir el miedo que sentía—. Me siento mejor —le dijo a su marido—. Debe de haber sido algo que comí.

Cuando llegaron a su casa, el mundo volvía a parecer el mismo que conocía desde su infancia. Al ver al marido dirigirse hacia el teléfono, le preguntó qué iba a hacer.

—Llamar a un médico.

—No hace falta. Mírame, verás que estoy bien.

El color había vuelto a su rostro, su corazón latía normalmente y el miedo incontrolable había desaparecido.

Mari durmió pesadamente aquella noche y se despertó con una certeza: alguien debía de haber colocado alguna droga en el café que habían bebido antes de entrar en el cine. Todo no había pasado de ser una broma peligrosa, y ella estaba dispuesta, al atardecer, a llamar a un oficial del juzgado e ir hasta el bar para intentar descubrir al irresponsable autor de la idea.

Se fue al trabajo, despachó algunos expedientes que estaban pendientes y procuró concentrarse en los más diversos asuntos, pues la experiencia del día anterior la había dejado aún un poco asustada y necesitaba demostrarse a sí misma que aquello no se repetiría nunca más.

Discutió con uno de sus socios el filme sobre El Salvador y mencionó, de paso, que ya estaba cansada de hacer todos los días lo mismo.

—Quizás haya llegado la hora de retirarme.

—Eres una de las mejores profesionales que tenemos —le dijo el socio—. Y el derecho es una de las escasas actividades donde la edad siempre cuenta a favor. ¿Por qué no te tomas unas largas vacaciones? Estoy seguro de que después volverás aquí con entusiasmo.

—Quiero dar un vuelco total a mi vida; vivir una aventura, ayudar a los demás, hacer algo que nunca haya hecho.

La conversación acabó allí. Fue hasta la plaza, almorzó en un restaurante más caro que el que solía frecuentar y volvió más temprano al despacho. A partir de aquel momento estaba empezando su retirada.

El resto de los empleados aún no habían regresado, y Mari aprovechó para examinar el trabajo que aún estaba sobre su mesa. Abrió el cajón para coger una estilográfica que siempre dejaba en el mismo lugar y no consiguió encontrarla. Por una fracción de segundo pensó que quizás estuviera actuando de manera extraña, pues tal vez no había vuelto a poner la pluma donde debía.

Este detalle intrascendente fue suficiente para que su corazón se volviera a disparar y el terror de la noche anterior se reprodujera con toda su fuerza.

Mari se quedó paralizada. El sol que entraba por las persianas confería al entorno un color diferente, más vivo, más agresivo, pero ella tenía la sensación de que se iba a morir en el minuto siguiente. Lo que estaba sucediendo era totalmente insólito. ¿Qué estaba haciendo en aquel despacho?

«Dios mío, yo no creo en Ti, pero ayúdame.»

Volvió otra vez el sudor frío, y vio que no podía controlar su miedo. Si alguien entrase allí en aquel momento, notaría su mirada asustada y ella estaría perdida.

«El frío.»

El frío había hecho que se sintiese mejor el día anterior, pero ¿cómo llegar hasta la calle? Otra vez estaba sintiendo cada detalle de lo que le sucedía: el ritmo de la respiración (había momentos en que sentía que si no inspirase y espirase el cuerpo sería incapaz de hacerlo por sí solo), el movimiento de la cabeza (las imágenes cambiaban de lugar como si hubiese una cámara de televisión girando), el corazón latiendo cada vez con mayor agitación, el cuerpo bañado por un sudor helado y denso.

Y el terror. Sin ninguna explicación, se sintió presa de un miedo enorme a hacer cualquier cosa, a dar cualquier paso, a salir de donde estaba sentada.

«Pasará.»

Había pasado el día anterior. Pero ahora estaba en el trabajo: ¿qué debo hacer? Miró el reloj, que le pareció también un mecanismo absurdo, con dos agujas girando en torno al mismo eje, indicando una medida de tiempo que nadie jamás había explicado por qué debía ser doce y no diez, como todas las otras medidas creadas por el hombre.

«No puedo pensar en estas cosas. Me volverán loca.»

Loca. Tal vez fuese la palabra adecuada para lo que le estaba pasando. Reuniendo toda su voluntad, Mari se levantó y se dirigió al lavabo. Felizmente, la oficina continuaba vacía y ella consiguió llegar a donde quería en un minuto que le pareció una eternidad. Se lavó la cara; la sensación de extrañeza disminuyó, pero el miedo continuaba.

«Pasará —se dijo—. Ayer se pasó.»

Recordaba que el día anterior el extraño episodio había durado aproximadamente unos treinta minutos. Se encerró dentro de uno de los inodoros, se sentó y colocó la cabeza entre las piernas. La posición hizo que el sonido de su corazón se ampliase, y Mari entonces levantó el cuerpo.

«Pasará.»

Se quedó allí, pensando que ya no se conocía más a sí misma, que estaba irremediablemente perdida. Escuchó pasos de gente entrando y saliendo del lavabo, grifos que se abrían y cerraban, conversaciones inútiles sobre temas banales. Más de una vez alguien intentó abrir la puerta del váter donde ella estaba, pero ella emitía un murmullo y nadie insistía. Los ruidos de las descargas de las cisternas sonaban como algo terrorífico, capaz de derribar el edificio y llevarse a todas las personas al infierno.

Pero, según había previsto, el miedo fue pasando y su corazón volviendo a la normalidad. Por suerte, su secretaria era lo suficientemente incompetente como para ni siquiera notar su falta, o ya toda la oficina habría estado en el lavabo preguntando si se encontraba bien.

Cuando estuvo segura de haber recuperado su autocontrol, Mari abrió la puerta, se lavó la cara durante un buen rato y regresó a su despacho.

—Está usted sin maquillaje —le dijo una becaria—. ¿Quiere que le preste el mío?

Mari no se tomó el trabajo de contestar. Entró en su despacho, cogió su bolso, sus pertenencias, y le informó a su secretaria de que se iba a casa por el resto de la jornada laboral.

—¡Pero tiene muchas entrevistas concertadas! —protestó la secretaria.

—Usted no da órdenes: las recibe. Haga exactamente lo que le mando: anule las citas.

La secretaria acompañó con la mirada a aquella mujer con la que trabajaba desde hacía casi tres años y nunca le había hablado de esa forma. Algo muy serio le debía de estar pasando. Quizás alguien le había dicho que el marido estaba en la casa con una amante y ella quería sorprenderlo en flagrante adulterio.

«Es una abogada competente; sabe cómo actuar», se dijo la chica. Seguramente mañana le pediría disculpas.

No hubo «mañana». Aquella noche, Mari tuvo una extensa conversación con su marido y le describió todos los síntomas que había sentido. Juntos llegaron a la conclusión de que las palpitaciones en el corazón, el sudor frío, la sensación de extrañeza, impotencia y descontrol, todo podía ser resumido en una sola palabra: miedo.

Marido y mujer estudiaron juntos lo que estaba pasando. Él pensó en un tumor cerebral, pero no dijo nada. Ella pensó que estaba teniendo premoniciones de algo terrible, y tampoco lo dijo. Buscaron un terreno común para dialogar, con la lógica y la razón de la gente madura.

—Creo que sería conveniente que te hicieses unos exámenes.

Mari aceptó con una condición: nadie, ni siquiera sus hijos, deberían saber nada.

Al día siguiente solicitó —y le fue concedida— una excedencia de treinta días en el estudio de abogacía. El marido pensó en llevarla a Austria, donde estaban los grandes especialistas de enfermedades cerebrales, pero ella no quería salir de casa. Los ataques ahora eran más frecuentes y duraban más tiempo.

Con muchas dificultades y después de que Mari ingiriese unos calmantes, acompañada por su marido se dirigió a un hospital en Ljubljana y se sometió a un exhaustivo chequeo. No se le encontró nada anormal, ni rastros de aneurisma, lo que la tranquilizó definitivamente a este respecto.

Pero los ataques de pánico continuaban. Mientras el marido se ocupaba de las compras y cocinaba, Mari hacía una limpieza diaria y exhaustiva de la casa, para mantener su mente concentrada en otros asuntos. Comenzó a leer todos los libros de psiquiatría que podía encontrar, pero pronto suspendió su lectura porque le daba la impresión de que padecía cada una de las enfermedades descritas en los textos.

Lo más terrible de todo era que, a pesar de que los ataques no eran ya ninguna novedad, ella continuaba sintiendo pavor, extrañeza ante la realidad, incapacidad para controlarse. Además de eso, empezó a culparse por la situación del marido, que estaba obligado a trabajar el doble al tener que suplir sus tareas de ama de casa, con excepción de la limpieza.

Al ver que los días pasaban y la situación no se resolvía, Mari comenzó a sentir y a exteriorizar una irritación profunda. Todo era motivo para que perdiese la calma y comenzase a gritar, terminando, invariablemente, en un llanto compulsivo.

Pasados treinta días, el socio de Mari en el despacho se presentó en su casa. Él llamaba todos los días, pero ella no atendía el teléfono o indicaba a su marido que dijera que estaba ocupada. Aquella tarde, el socio no dejó de tocar el timbre hasta que le abrieron la puerta.

Mari había pasado una mañana tranquila. Preparó un té, hablaron sobre el despacho y él le preguntó cuándo volvería a trabajar.

—Nunca más.

El socio recordó la conversación que habían sostenido acerca de El Salvador.

—Siempre has dado lo mejor de ti, y tienes derecho a elegir lo que quieras hacer con tu vida —dijo él, sin rencor en la voz—. Pero pienso que el trabajo, en estos casos, es la mejor de las terapias. Viaja, conoce el mundo, sé útil donde creas que te necesitan, pero recuerda que las puertas de nuestro bufete están abiertas esperando tu regreso.

Al oír estas palabras, Mari estalló en sollozos, como acostumbraba a hacer últimamente con mucha facilidad.

El socio esperó hasta que ella se calmó. Como buen abogado, no preguntó nada; sabía que tenía más posibilidades de conseguir una respuesta con su silencio que con una pregunta.

Y así fue. Mari le contó todo, desde lo que le había pasado en el cine hasta sus recientes ataques histéricos con el marido, que tanto la apoyaba.

—Estoy loca —dijo.

—Es una posibilidad —respondió él, con aire de quien entiende todo, pero con ternura en su voz—. En este caso tienes dos alternativas: tratarte o seguir enferma.

—No hay tratamiento para lo que yo estoy sintiendo. Continúo en pleno dominio de mis facultades mentales y estoy tensa porque esta situación ya se prolonga demasiado tiempo. Pero no tengo los síntomas clásicos de la locura, como ausencia de la realidad, desinterés o agresividad descontrolada. Sólo miedo.

—Es lo que todos los locos dicen: que son normales.

Los dos rieron, y ella preparó un poco más de té.

Conversaron sobre el tiempo, el éxito de la independencia eslovena, y las tensiones que comenzaban a surgir entre Croacia y Yugoslavia. Mari veía cada día mucha televisión y estaba muy bien informada sobre todos los temas.

Antes de despedirse, el socio retomó el asunto.

—Acaban de abrir un sanatorio en la ciudad —dijo—. Capital extranjero y tratamiento del primer mundo.

—¿Tratamiento de qué?

—Desequilibrios, digamos. Y el miedo exagerado es un desequilibrio.

Mari prometió pensar en el asunto, pero no tomó ninguna decisión en ese sentido. Los ataques de pánico se sucedieron durante otro mes, hasta que comprendió que no solamente su vida personal, sino su matrimonio, se estaban viniendo abajo. Nuevamente pidió algunos calmantes y se atrevió a salir de la casa, por segunda vez en sesenta días.

Tomó un taxi y se dirigió al nuevo sanatorio. En el camino, el chófer le preguntó si iba a visitar a alguien.

—Dicen que es muy confortable, pero también dicen que hay locos furiosos y que los tratamientos incluyen electroshocks.

—Voy a visitar a alguien —respondió Mari.

Bastó apenas una hora de conversación para que los dos meses de sufrimiento de Mari terminasen. El director de la institución —un hombre alto, con los cabellos teñidos de negro, que atendía por el nombre de doctor Igor— le explicó que se trataba sólo de un caso de síndrome de pánico, enfermedad recién admitida en los anales de la psiquiatría universal.

—No significa que la enfermedad sea nueva —explicó, cuidando de ser bien comprendido—. Sucede que las personas afectadas acostumbraban a esconderla por miedo a ser confundidas con locos. Se trata tan sólo de un desequilibrio químico del organismo, al igual que la depresión.

El doctor Igor escribió una receta y le pidió que volviese a su casa.

—No quiero volver ahora —respondió Mari—. A pesar de todo lo que usted me ha explicado, no tengo valor para salir a la calle. Mi matrimonio se ha vuelto un infierno y debo permitir que mi marido se recupere de estos meses que ha pasado cuidando de mí.

Como sucedía siempre en casos como éste —dado que los accionistas querían mantener el hospital funcionando a plena capacidad—, el doctor Igor aceptó el ingreso, aunque dejando bien claro que no era necesario.

Mari recibió la medicación adecuada, tuvo asistencia psicológica y los síntomas fueron disminuyendo hasta desaparecer completamente.

En este intervalo, sin embargo, la noticia del internamiento de Mari corrió por la pequeña ciudad de Ljubljana. Su socio, amigo de muchos años, compañero de no se sabe cuántas horas de alegrías y disgustos, vino a visitarla a Villete. La felicitó por haber tenido el valor de seguir su consejo y haber buscado ayuda, pero después le informó de la razón de su visita:

—Quizás sea realmente el momento de retirarte.

Mari entendió lo que había detrás de aquellas palabras: nadie iba a querer confiar sus asuntos a una abogada que ya había estado internada en un manicomio.

—Dijiste que el trabajo era la mejor terapia. Tengo que volver, aunque sea por poco tiempo.

Ella aguardó cualquier reacción, pero él no dijo nada. Mari continuó:

—Tú mismo me sugeriste que me tratase. Cuando yo pensaba en la jubilación, estaba pensando en salir victoriosa, realizada, por mi libre y espontánea voluntad. No quiero dejar mi empleo así, porque fui derrotada. Dame por lo menos una oportunidad de recuperar mi autoestima y entonces pediré la jubilación.

El abogado carraspeó.

—Yo sugerí que te trataras, no que te internaras.

—Pero era una cuestión de supervivencia. Yo simplemente no conseguía salir a la calle, mi matrimonio se estaba acabando.

Mari sabía que estaba desperdiciando sus palabras. Nada de lo que dijese o hiciese conseguiría disuadirlo. Al fin y al cabo, era el prestigio del bufete lo que estaba en juego. Aun así, lo intentó una vez más.

—Yo aquí dentro he convivido con dos tipos de personas: gente que no tiene posibilidad de volver a la sociedad y gente que está absolutamente curada, pero prefiere fingirse loca para no tener que enfrentarse a las responsabilidades de la vida. Yo quiero, necesito, volver a gustarme a mí misma, debo convencerme de que soy capaz de tomar mis propias decisiones. No puedo ser empujada a cosas que no he escogido.

—Podemos cometer muchos errores en nuestras vidas —contestó el abogado—, menos uno: aquel que nos destruye.

Era inútil continuar la conversación: en opinión del socio, Mari había cometido un error garrafal.

Dos días después le anunciaron la visita de otro abogado, esta vez de un bufete diferente, considerado el mejor rival de sus ahora ex compañeros. Mari se animó: quizás él supiese que ella estaba libre para aceptar un nuevo empleo y allí estaba la oportunidad de recuperar su lugar en el mundo.

El abogado entró en la sala de visitas, se sentó delante de ella, sonrió, le preguntó si ya estaba mejor y sacó varios papeles de su portafolios.

—Estoy aquí en representación de su marido —le informó—. Esto es una solicitud de divorcio. Naturalmente, él pagará sus gastos de hospital durante el tiempo que permanezca aquí.

Esta vez Mari no reaccionó. Firmó todo, aun sabiendo que, de acuerdo con la justicia que había aprendido, podía prolongar indefinidamente aquella batalla legal. Seguidamente fue a hablar con el doctor Igor y le dijo que los síntomas de pánico habían retornado.

El doctor Igor sabía que ella estaba mintiendo, pero prolongó el internamiento por tiempo indefinido.

Veronika decidió ir a acostarse, pero Eduard continuaba de pie, al lado del piano.

—Estoy cansada, Eduard. Necesito dormir.

Le hubiera gustado seguir tocando para él, extrayendo de su memoria anestesiada todas las sonatas y adagios que conocía, porque él sabía admirar sin exigir. Pero su cuerpo no aguantaba más.

¡Era un hombre tan bien parecido, tan atrayente! Si por lo menos saliese un poco de su mundo y la mirase como mujer, entonces sus últimas noches en esta Tierra podrían ser las más hermosas de su vida, porque Eduard era el único capaz de entender que Veronika era una artista. Había conseguido con aquel hombre un tipo de vinculación como jamás lo había tenido con nadie: a través de la emoción pura de un *andante* o de un *allegro*.

Eduard era el hombre ideal; sensible, educado, había destruido un mundo carente de interés para recrearlo de nuevo en su cabeza, esta vez con nuevos colores, personajes e historias. Y este mundo nuevo incluía una mujer, un piano y una luna que continuaba creciendo.

—Yo podría enamorarme ahora, entregarme enteramente a ti —declaró, sabiendo que él no podía entenderla—. Tú me pides apenas un poco de música, pero yo soy mucho más de lo que pensaba que era, y me gustaría compartir otras cosas que he llegado a entender.

Eduard sonrió. ¿Lo habría entendido? Veronika sintió miedo (el manual de buena educación dice que no se debe hablar de amor de una manera tan directa, y jamás a un hombre al que se ha visto tan pocas veces). Pero decidió continuar, porque no tenía nada que perder.

—Tú eres el único hombre sobre la faz de la Tierra por el cual me podría apasionar, Eduard. Simplemente porque, cuando yo muera, tú no sentirás mi ausencia. No sé lo que un esquizofrénico siente, pero ciertamente, no creo que llegue a añorar la presencia de nadie.

»Quizás al principio te extrañará no escuchar más música durante la noche; sin embargo, siempre que aparezca la luna habrá alguien dispuesto a tocar sonatas, principalmente en un sanatorio, ya que aquí todos somos «lunáticos».

Ignoraba cuál era la relación entre los locos y la luna, pero debía de ser muy intensa puesto que usaban una palabra derivada de ella para describir a los enfermos mentales.

—Y yo tampoco sentiré tu ausencia, Eduard, porque estaré muerta, lejos de aquí. Y como no tengo miedo de perderte, no me importa lo que puedas pensar o no de mí, y hoy toqué para ti como una mujer enamorada. Fue magnífico. Fue el mejor momento de mi vida.

Miró a Mari, allí afuera. Recordó sus palabras. Y volvió a mirar al muchacho frente a ella.

Veronika se sacó el jersey y se acercó a Eduard; si tenía que hacer algo, era preferible hacerlo entonces. Mari no soportaría el frío exterior durante mucho tiempo y pronto volvería a entrar. Él retrocedió. La pregunta en sus ojos era otra: ¿cuándo volvería al piano? ¿Cuándo tocaría una nueva pieza para llenar su alma con los mismos colores, sufrimientos, dolores y alegrías de aquellos compositores locos que habían atravesado tantas generaciones con sus obras?

—La mujer que está allá afuera me dijo: «Mastúrbate. Conoce adónde quieres llegar.» ¿Podré ir más lejos de lo que siempre fui?

Ella tomó su mano y lo quiso llevar hasta el sofá, pero Eduard, educadamente, rehusó. Prefería quedarse de pie donde estaba, junto al piano, esperando pacientemente que ella volviera a tocar.

Veronika se quedó desconcertada, pero pronto se dio cuenta de que no tenía nada que perder. Estaba muerta, ¿de qué servía estar alimentando los miedos y prejuicios que siempre limitaron su vida? Se quitó la blusa, el pantalón, el sostén, las bragas y se quedó desnuda delante de él.

Eduard rió. Ella no sabía de qué, pero se dio cuenta de que había reído. Delicadamente cogió su mano y la colocó sobre su sexo; la mano se quedó allí, inmóvil. Veronika desistió de la idea y la retiró.

Algo la estaba excitando mucho más que un simple contacto físico con aquel hombre: el hecho de que podía hacer lo que quisiera, de que no había límites: excepto la mujer de afuera, que podía entrar en cualquier momento, nadie más debía de estar despierto.

Su sangre empezó a circular más rápidamente, y el frío que sintiera al desnudarse fue desapareciendo. Los dos estaban de pie, frente a frente, ella desnuda, él totalmente vestido. Veronika descendió la mano hasta su sexo y comenzó a masturbarse; ya lo había practicado antes, sola o con alguna pareja, pero nunca en una situación como ésta, en la que el hombre no mostraba el menor interés por lo que estaba aconteciendo.

Y eso era excitante, muy excitante. De pie, con las piernas abiertas, Veronika se tocaba su sexo, sus senos, sus cabellos, entregándose como nunca se entregara, no tanto porque quisiera ver a aquel chico salir de su mundo distante sino porque nunca había experimentado tal sensación.

Empezó a hablar, a decir cosas impensables, que sus padres, sus amigos, sus ancestros habrían considerado lo más sucio del mundo. Llegó el primer orgasmo y se mordió los labios para no gritar de placer.

Eduard la miraba frente a frente, fijamente. Había un brillo diferente en sus ojos: daba la impresión de que fuese consciente de algo, aunque fuese tan sólo de la energía, el calor, el sudor, el olor que exhalaba su cuerpo. Veronika aún no estaba satisfecha. Se arrodilló y comenzó a masturbarse otra vez.

Quería morir de gozo, de placer, pensando y realizando todo lo que siempre le había sido prohibido: imploró al hombre que la palpara, que la sometiera, que la usase para todo lo que le viniera en gana. Le hubiera gustado que Zedka también estuviese allí, porque una mujer sabe cómo tocar el cuerpo de otra como ningún hombre lo consigue, ya que conoce todos sus secretos.

De rodillas, ante aquel hombre de pie, ella se sintió poseída y palpada, y usó palabras fuertes para describir lo que quería que él le hiciera. Un nuevo orgasmo fue llegando, esta vez más intenso que nunca, como si todo a su alrededor fuese a explotar. Se acordó del ataque cardíaco que había tenido aquella mañana, pero ya no le concedía la menor importancia: iba a morir gozando, estallando. Se sintió tentada de sujetar el sexo de Eduard, que se encontraba justo delante de su rostro, pero no quería correr ningún riesgo de estropear aquel momento; estaba yendo lejos, muy lejos, exactamente como le había dicho Mari.

Se imaginó reina y esclava, dominadora y dominada. En su fantasía hacía el amor con blancos, negros, amarillos, homosexuales, mendigos. Era de todos, y todos podían hacer todo. Tuvo uno, dos, tres orgasmos seguidos. Imaginó todo lo que nunca había imaginado antes, y se entregó a lo más obsceno y a lo más puro. Finalmente no consiguió contenerse más y gritó mucho, de placer, del dolor de los orgasmos seguidos, de los muchos hombres y mujeres que habían entrado y salido de su cuerpo, usando las puertas de su mente.

Se acostó en el suelo y se dejó estar allí, bañada en sudor, con el alma inundada de paz. Se había escondido a sí misma sus deseos ocultos, sin nunca saber bien por qué, y no necesitaba una respuesta. Le bastaba haber hecho lo que había hecho: entregarse.

Poco a poco el Universo fue volviendo a su lugar, y Veronika se levantó. Eduard se había mantenido inmóvil todo el tiempo, pero algo en él parecía haber cambiado: sus ojos demostraban ternura, una ternura muy próxima a este mundo.

«Fue tan bueno que consigo ver amor en todo. Hasta en los ojos de un esquizofrénico.»

Empezaba a vestirse cuando sintió una tercera presencia en la sala.

Mari estaba allí. Veronika no sabía en qué momento había entrado, lo que había escuchado o visto, pero aun así no sentía ni vergüenza ni miedo. Se limitó a mirarla con la misma distancia con que se mira a una persona demasiado próxima.

—Hice lo que tú me sugeriste —dijo—. Llegué lejos.

Mari permaneció callada; acababa de revivir momentos muy importantes de su vida y sentía un cierto malestar. Quizás fuera la hora de regresar al mundo, enfrentar los avatares del mundo exterior, decir que todos podían ser miembros de una gran Fraternidad, aunque nunca hubieran conocido un manicomio.

Como aquella chica, por ejemplo, cuya única razón para estar en Villete era haber atentado contra su propia vida. Ella nunca había conocido el pánico, la depresión, las visiones místicas, las psicosis, los límites a los que la mente humana nos puede llevar. Aunque hubiese conocido a tantos hombres, nunca había sentido lo que hay de más oculto en sus deseos, y el resultado era que no conocía ni la mitad de su vida. ¡Ah, si todos pudiesen conocer y convivir con su locura interior! ¿Sería peor el mundo? No, las personas serían más justas y felices.

—¿Por qué no hice nunca esto antes?

—Él quiere que interpretes una pieza más —dijo Mari mirando hacia Eduard—. Creo que lo merece.

—Lo haré, pero contéstame: ¿por qué nunca había hecho esto antes? Si soy libre, si puedo pensar en todo lo que quiero, ¿por qué siempre evité imaginar situaciones prohibidas?

—¿Prohibidas? Escucha: fui abogada, y conozco las leyes. También fui católica, y conocía de memoria muchos pasajes de la Biblia. ¿Qué quieres decir con «prohibidas»?

Mari se acercó a ella y la ayudó a ponerse el jersey.

—Mírame bien a los ojos y no te olvides de lo que te voy a decir. Sólo existen dos prohibiciones: una por la ley del hombre y otra por la ley de Dios. Nunca fuerces una relación con alguien, pues es considerado estupro. Y nunca tengas relaciones con menores, porque éste es el peor de los pecados. Aparte de esto, eres libre. Siempre existe alguien que quiere hacer exactamente lo mismo que tú deseas.

Mari no estaba predispuesta a enseñar asuntos importantes a alguien que iba a morir tan pronto. Con una sonrisa dijo «buenas noches» y se retiró.

Eduard no se movió: esperaba que Veronika interpretase una pieza para él. Ella tenía el deber de recompensarlo por el inmenso placer que le había proporcionado, sólo por permanecer delante de ella contemplando su locura sin pavor ni repulsión. Se sentó al piano y volvió a tocar.

Sentía el alma ligera, y ya ni siquiera el miedo a la muerte la atormentaba. Había vivido lo que siempre escondiera de sí misma. Había conocido los placeres que podía experimentar una virgen y una prostituta, una esclava y una reina, más intensamente los de una esclava que los de una reina.

Aquella noche, como por milagro, todas las canciones que sabía volvieron a su mente, e hizo que Eduard disfrutase tanto como lo había hecho ella.

Cuando encendió la luz, el doctor Igor se sorprendió al ver a la chica sentada en la sala de espera de su consultorio.

—Aún es muy temprano y tengo el día muy ocupado.

—Sé que es temprano —dijo ella—. Y aún no ha empezado el día. Pero necesito hablar un poco, sólo un poco. Necesito ayuda.

Tenía ojeras, su piel carecía de brillo, síntomas típicos de quien ha pasado la noche en vela. El doctor Igor resolvió dejarla entrar.

Le pidió que se sentase, encendió la luz del consultorio y abrió las cortinas. Iba a amanecer en menos de una hora y pronto podría ahorrar electricidad; los accionistas vigilaban mucho los gastos, por insignificantes que fueran.

Dio una rápida mirada a su agenda; Zedka ya había recibido su último *shock* de insulina y había reaccionado bien, o más exactamente, había conseguido sobrevivir a ese tratamiento inhumano. Menos mal que, en aquel caso específico, el doctor Igor había exigido que el Consejo del hospital firmase una declaración en virtud de la cual se responsabilizaba de los resultados.

Pasó a examinar los informes. Dos o tres pacientes habían actuado de manera agresiva durante la noche (según relato de los enfermeros), entre ellos Eduard, que había vuelto a la enfermería a las cuatro de la madrugada y se había negado a tomar sus pastillas para dormir. El doctor Igor tenía que tomar alguna medida; por más liberal que Villete fuese internamente, era preciso mantener las apariencias de una institución conservadora y severa.

—Tengo que solicitarle algo muy importante —le dijo la chica.

Pero el doctor Igor no le prestó atención. Con un estetoscopio comenzó a auscultar sus pulmones y su corazón. Probó sus reflejos y examinó el fondo de su retina con una pequeña linterna portátil. Detectó que ella no tenía apenas rastros de envenenamiento a causa del vitriolo o la amargura, como todos preferían llamarlo.

Después cogió el teléfono y pidió a la enfermera que le trajera una medicina de compleja denominación.

—Parece que a usted no se le aplicó la inyección anoche —le dijo.

—Pero me siento mejor.

—Se puede apreciar en su cara: ojeras, cansancio, falta de reflejos inmediatos. Si usted quiere aprovechar el poco tiempo de vida que le queda, por favor, haga lo que yo le mando.

—Justamente por eso estoy aquí. Quiero aprovechar el poco tiempo que me resta, pero a mi manera. ¿Cuánto me queda?

El doctor Igor la miró por encima de sus gafas.

—Puede usted responderme —insistió ella—. Ya no

tengo miedo, ni indiferencia, ni nada parecido. Tengo ganas de vivir, pero sé que eso no basta, y estoy resignada con mi destino.

—¿Entonces qué quiere?

La enfermera entró con la inyección en la mano. El doctor Igor hizo una señal con la cabeza y ella levantó delicadamente la manga del suéter de Veronika.

—¿Cuánto tiempo me queda? —repitió Veronika mientras la enfermera le aplicaba la inyección.

—Veinticuatro horas. Quizás menos.

Ella bajó los ojos y se mordió los labios. Pero mantuvo el control.

—Quiero pedirle dos favores. El primero, que me dé un remedio, una inyección, sea lo que sea, pero que me mantenga despierta hasta entonces, para aprovechar cada minuto que me queda de vida. Tengo mucho sueño, pero no quiero dormir, tengo mucho que hacer, cosas que siempre dejé para el futuro, cuando pensaba que la vida era eterna. Cosas por las cuales perdí el interés cuando empecé a pensar que la vida no valía la pena.

—¿Y su segunda petición?

—Salir de aquí y morir afuera. Tengo que subir al castillo de Ljubljana, que siempre estuvo allí y yo nunca tuve la curiosidad de verlo de cerca.

»Tengo que hablar con la mujer que vende castañas en invierno y flores en primavera; cuántas veces nos hemos cruzado y, sin embargo, nunca le he preguntado cómo se encontraba. Quiero andar por la nieve sin abrigo, sintiendo el frío intenso, yo, que siempre iba bien abrigada por miedo a coger un resfriado.

»En fin, doctor Igor, tengo que sentir la lluvia en mi rostro, sonreír a los hombres que me interesan, aceptar todos los cafés a que me inviten. Tengo que besar a mi madre, decirle que la quiero, llorar en su pecho, sin vergüenza de mostrar mis sentimientos, porque siempre los tuve, pero los escondía.

»Quizás entre en la iglesia, mire aquellas imágenes que nunca me dijeron nada y terminen diciéndome algo. Si un hombre interesante me convida a ir a bailar, bailaré la noche entera hasta caer exhausta. Después me acostaré con él, pero no de la manera como me fui con los otros, unas veces intentando mantener el control, otras fingiendo cosas que no sentía. Quiero entregarme a un hombre, a la ciudad, a la vida y, finalmente, a la muerte.

Se produjo un prolongado silencio cuando Veronika acabó de hablar. Médico y paciente se miraban a los ojos, absortos, tal vez abstraídos pensando en las muchas posibilidades que unas simples veinticuatro horas podían ofrecer.

—Puedo prescribirle algunos medicamentos estimulantes, pero no se lo aconsejo —dijo finalmente el doctor Igor—. Le alejarán el sueño, pero también le quitarán la paz que usted necesita para vivir lo que me ha reseñado.

Veronika empezó a sentirse mal; siempre que le daban aquella inyección, algo malo sucedía en su cuerpo.

—Se está poniendo pálida. Quizás sea mejor que se tumbe en la cama; ya volveremos a hablar sobre esto mañana.

Ella sintió otra vez ganas de llorar, pero logró reprimirlas.

—No habrá mañana, usted lo sabe bien. Estoy cansada, doctor Igor, muy cansada. Por eso le pedí las pastillas. Pasé la noche en vela, entre el desespero y la resignación. Podía haberse tratado de un nuevo ataque histérico de miedo, como sucedió ayer, pero ¿de qué serviría? Si aún tengo veinticuatro horas de vida y hay tantas cosas ante mí, decidí que era preferible sobreponerme a la desesperación.

»Por favor, doctor Igor, déjeme vivir el poco tiempo que me queda, porque ambos sabemos que mañana puede ser tarde.

—Vaya a dormir ahora —insistió el médico— y vuelva aquí al mediodía. Volveremos a hablar.

Veronika vio que no había salida.

—Voy a dormir y volveré. Pero ¿puede dedicarme aún algunos minutos?

—Muy pocos. Estoy muy ocupado hoy.

—Voy a ir al grano. Anoche, por primera vez, me masturbé de una manera completamente libre. Pensé en todo lo que nunca me había atrevido a pensar, sentí placer con cosas que antes me asustaban o me repelían.

El doctor Igor asumió la postura más profesional posible. No sabía adónde lo podía llevar esta conversación, y no quería problemas con sus superiores.

—Descubrí que soy una pervertida, doctor. Quiero saber si esto influyó en mi decisión de suicidarme. Hay muchas cosas que yo desconocía de mí misma.

«Bien, se trata tan sólo de dar una respuesta —pensó el médico—. No es necesario que llame a la enfermera para que sea testigo de la conversación y evitar así una eventual acusación por abuso sexual.»

—Todos nosotros queremos hacer cosas diferentes —respondió—. Y nuestras parejas también. ¿Qué es lo que hay de malo en eso?

—Responda usted mismo.

—Pues todo. Porque cuando todos sueñan y sólo algunos pocos realizan, el mundo entero se siente cobarde.

—¿Aunque estos pocos tengan la razón?

—Quien tiene la razón es el más fuerte. En este caso, paradójicamente, los cobardes son más valientes y consiguen imponer sus ideas.

El doctor Igor no quería ir más lejos.

—Por favor, vaya a descansar un poco porque tengo otros pacientes que atender. Si usted colabora, veré lo que puedo hacer respecto a su segunda petición.

La chica salió. Su próxima paciente era Zedka, que debería recibir el alta, pero el doctor Igor le pidió que esperase un poco; tenía que tomar unas notas sobre la conversación que acababa de sostener con Veronika.

Era necesario incluir un extenso capítulo sobre sexo en su disertación sobre el vitriolo. Al fin y al cabo, la mayor parte de las neurosis y psicosis provenían de allí. Según él, las fantasías son impulsos eléctricos localizados en el cerebro y cuando no se cumplen terminan descargando su energía en otras áreas.

Cuando cursaba medicina, el doctor Igor había leído un interesante tratado sobre las diferentes prácticas o desviaciones sexuales: sadismo, masoquismo, homosexualidad, coprofagia, voyeurismo, deseo de decir palabras obscenas... En fin, la lista era muy extensa. Al principio creía que estas prácticas eran tan sólo el producto del desajuste mental de ciertas personas que no conseguían una relación saludable con su pareja.

Sin embargo, a medida que iba avanzando en la profesión de psiquiatra y conversaba con sus pacientes, se daba cuenta de que todos ellos tenían algo diferente que contar. Se sentaban en el confortable sillón de su despacho y, con la mirada baja, iniciaban una extensa disertación sobre lo que llamaban «enfermedades» (¡como si el médico no fuera él!) o «perversiones» (¡como si no fuese él, el psiquiatra, el encargado de decidir!).

Y, una por una, las personas «normales» describían fantasías que constaban en el tratado acerca de las diferentes prácticas eróticas; un libro, dicho sea de paso, que defendía el derecho de cada uno a tener el orgasmo que quisiera, siempre que no violentase el derecho de la respectiva pareja en el acto sexual.

Mujeres que habían estudiado en colegios de monjas soñaban con ser humilladas; hombres de chaqueta y corbata, funcionarios públicos de alto rango, confesaban que gastaban elevadas sumas en pagar a prostitutas rumanas sólo para poder lamerles los pies. Muchachos enamorados de muchachos, chicas enamoradas de sus compañeras de colegio. Maridos que querían ver a sus esposas en brazos de desconocidos, mujeres que se masturbaban cada vez que descubrían un indicio de adulterio en el comportamiento de su pareja. Madres que necesitaban controlar el impulso de entregarse al primer hombre que tocaba el timbre de su casa para traer algo, padres que contaban aventuras secretas con los rarísimos travestis que conseguían pasar el riguroso control de la frontera.

Y orgías. Parecía que todo el mundo, por lo menos una vez en la vida, deseaba participar en una orgía.

El doctor Igor dejó descansar un momento su estilográfica y reflexionó sobre sí mismo: ¿él también? Sí, a él también le gustaría. La orgía, tal cual la imaginaba, debía de ser algo completamente anárquico, alegre, donde no existiera el sentimiento de posesión, sino sólo el placer y el desorden.

¿Sería ésta una de las principales causas del gran número de personas envenenadas por la amargura? Casamientos restringidos a una monogamia forzada, donde el deseo sexual (según estudios que el doctor Igor guardaba cuidadosamente en su biblioteca médica) desaparecía al tercer o cuarto año de convivencia. A partir de allí, la mujer se sentía rechazada, el hombre se sentía esclavo del vínculo matrimonial, y el vitriolo —la amargura— comenzaba su labor destructiva.

Las personas ante un psiquiatra hablaban más abiertamente que ante un cura, porque el médico no podía amenazar con el infierno. Durante su larga carrera de psiquiatra, el doctor Igor ya había oído prácticamente todo lo que ellas tenían para contar.

Contar. Raramente *hacer*. Aun después de varios años de profesión, él todavía se preguntaba por qué había tanto miedo a ser diferente.

Cuando procuraba saber la razón, la respuesta más escuchada era: «Mi marido pensará que soy una prostituta.» Cuando era un hombre quien estaba frente a él, invariablemente decía: «Mi mujer merece respeto.»

Y el tema generalmente se detenía ahí. No servía de nada afirmar que todas las personas tienen un perfil sexual diferente, tan distinto como sus huellas digitales: nadie quería creerlo. Era muy arriesgado ser libre en la cama, con miedo de que el otro fuese aún esclavo de sus prejuicios.

«No voy a cambiar el mundo —se dijo, resignado, el médico, e indicó a la enfermera que dejase entrar a la ex depresiva—. Pero, por lo menos, en mi tesis puedo decir lo que pienso.»

Eduard vio que Veronika salía del consultorio del doctor Igor y se dirigía hacia la enfermería. Tuvo ganas de contarle sus secretos, abrir su alma para ella con la misma honestidad y libertad con que, la noche anterior, ella había descubierto su cuerpo para él.

Había sido una de las más duras pruebas que había experimentado desde que ingresara en Villete como esquizofrénico. Pero había conseguido resistir, y estaba contento, aun cuando su deseo de volver a este mundo empezase a molestarlo.

«Todo el mundo sabe aquí que esa chica no resistirá hasta el fin de semana. No serviría de nada.»

O tal vez, justamente por eso, fuese beneficioso compartir con ella su historia. Desde hacía tres años solamente hablaba con Mari, y aun así no estaba seguro de que ella lo comprendiera perfectamente; como madre, ella debía de pensar que sus padres tenían razón, que tan sólo deseaban lo mejor para él, que las visiones del Paraíso eran un sueño absurdo de adolescente, totalmente ajeno al mundo real.

Visiones del Paraíso. Exactamente lo que lo había llevado al infierno, las infinitas peleas con la familia, la sensación de culpa tan fuerte que lo había dejado incapaz para reaccionar y le había obligado a refugiarse en otro mundo. Si no hubiera sido por Mari, él aún estaría viviendo en esa realidad separada.

Sin embargo, apareció Mari, cuidó de él, hizo que se sintiera de nuevo querido. Gracias a eso Eduard aún era capaz de saber lo que pasaba a su alrededor.

Unos días antes, una joven de su edad se había sentado al piano a tocar la sonata *Claro de luna*. Sin saber si la culpa era de la música, o de la joven, o de la luna, o del tiempo que llevaba en Villete, Eduard sintió que sus visiones del Paraíso comenzaban a importunarlo otra vez.

Él la siguió hasta la enfermería de mujeres, donde un enfermero le interceptó el paso.

—Aquí no puedes entrar, Eduard. Vuelve al jardín. Está amaneciendo y hará un bonito día.

Veronika miró hacia atrás.

—Voy a dormir un poco —dijo ella delicadamente—. Hablaremos cuando me despierte.

Veronika no entendía por qué, pero aquel chico había pasado a formar parte de su mundo, o de lo poco que quedaba de él. Estaba segura de que Eduard era capaz de comprender su música, admirar su talento; aunque no consiguiese emitir una palabra, sus ojos lo decían todo.

Como en este momento, en la puerta de la enfermería, cuando hablaban de cosas que ella no quería oír.

Ternura. Amor.

«Esta convivencia con enfermos mentales me ha hecho enloquecer de prisa.» Los esquizofrénicos no sienten eso. No por seres de este mundo.

Veronika sintió el impulso de volver para darle un beso, pero se controló porque el enfermero podía verla y contárselo al doctor Igor, y el médico seguramente no permitiría que una mujer que besa a esquizofrénicos saliera de Villete.

Eduard se detuvo frente al enfermero. Su atracción por aquella chica era más fuerte de lo que imaginaba, pero tenía que contenerse. Pediría consejo a Mari, la única persona con quien compartía sus secretos. Con seguridad ella le diría que lo que estaba queriendo sentir —amor— era peligroso e inútil en un caso como aquél. Mari le pediría a Eduard que se dejara de tonterías y volviera a ser un esquizofrénico normal (y después reiría abiertamente porque la frase no tenía mucho sentido).

Se unió a los otros enfermos en el refectorio, comió lo que le sirvieron y salió para el obligado paseo por el jardín. Durante el «baño de sol» (aunque aquel día la temperatura bajaba de cero) intentó aproximarse a Mari. Pero ella tenía el aspecto de alguien que desea estar solo. No necesitaba decirle nada, pues Eduard conocía lo suficientemente bien la soledad como para saber respetarla.

Un nuevo interno se acercó a Eduard; aún no debía de conocer a nadie.

«Dios castigó a la humanidad —decía—. Y la castigó con la peste. Sin embargo, yo Lo he visto en mis sueños, y me ha pedido que viniese a salvar a Eslovenia.»

Eduard comenzó a alejarse mientras el hombre gritaba:

«¡Te crees que estoy loco! ¡Pues lee los Evangelios! ¡Dios envió a Su Hijo, y Su Hijo regresa por segunda vez!»

Pero Eduard ya no le escuchaba. Estaba mirando a las montañas, allá afuera, y se preguntaba qué le estaba pasando. ¿Por qué tenía ganas de salir de allí, donde había encontrado la paz que tanto buscaba? ¿Por qué arriesgarse a avergonzar de nuevo a sus padres cuando todos los problemas de la familia ya estaban resueltos? Empezó a agitarse, andando de un lado al otro, esperando que Mari saliese de su mutismo y pudiesen hablar, pero ella parecía más distante que nunca.

Sabía cómo escaparse de Villete. Por eficaces que pudieran parecer los sistemas de seguridad, tenían fallos, por la sencilla razón de que, una vez dentro, las personas tenían muy pocas ganas de volver a salir. Había un muro, del lado oeste, que podía ser escalado sin grandes dificultades, ya que estaba lleno de rajaduras; quien decidiera traspasarlo se encontraría en un campo, y cinco minutos después, siguiendo la dirección norte, se hallaría en una carretera que llevaba a Croacia. La guerra ya había terminado, los hermanos eran de nuevo hermanos, las fronteras no estaban tan vigiladas como antes; con un poco de suerte podría estar en Belgrado en seis horas.

Eduard ya había estado varias veces en aquella carretera, pero siempre había decidido volver porque aún no había recibido la señal para seguir adelante. Ahora las cosas eran diferentes: esta señal había llegado finalmente, bajo la forma de una muchacha de ojos verdes, cabellos castaños y el aspecto asustado de quien cree que sabe lo que quiere.

Eduard pensó en ir directamente hacia el muro, salir de allí y nunca más regresar a Eslovenia. Pero la chica dormía y él tenía, por lo menos, que despedirse de ella.

Al acabar el baño de sol, cuando la Fraternidad se reunió en la sala de estar, Eduard se les incorporó.

—¿Qué está haciendo aquí este loco? —preguntó el más viejo del grupo.

—Déjelo —dijo Mari—. Nosotros también somos locos.

Todos se rieron y empezaron a conversar sobre la conferencia del día anterior. La cuestión era si la meditación sufí podría, realmente, transformar el mundo. Se aventuraron teorías, sugerencias, enfoques, ideas contrarias, críticas al conferenciante y fórmulas para mejorar lo que ya había sido probado durante tantos siglos.

Eduard estaba harto de aquel tipo de discusiones. Las personas se encerraban en un manicomio y se quedaban salvando el mundo sin preocuparse de correr riesgos, porque sabían que en el mundo exterior no se les tomaría en serio, aunque sus ideas fuesen razonables y sensatas. Cada uno de ellos solía formular una teoría especial acerca de cualquier tema y creía que su verdad era la única que importaba; hablaban durante días, noches, semanas, meses, años, sin reconocer jamás la única realidad que anida detrás de una idea: buena o mala, sólo existe cuando alguien intenta ponerla en práctica.

¿Qué era la meditación sufí? ¿Qué era Dios? ¿Qué era la salvación, si es que el mundo necesitaba ser salvado? Nada. Si todos allí —y también los de afuera— viviesen sus vidas y dejasen que los demás hiciesen lo mismo, Dios estaría en cada instante, en cada grano de mostaza, en el pedazo de nube que se forma y se deshace en el instante siguiente. Dios estaba allí, y aun así las personas pensaban que era necesario continuar buscando porque parecía demasiado simple aceptar que la vida era un acto de fe.

Recordó el ejercicio tan sencillo, tan simple que había oído enseñar al maestro sufí mientras esperaba que

Veronika volviese a tocar el piano: mirar una rosa. ¿Se necesitaba algo más?

Aun así, después de la experiencia de la meditación profunda, después de haber llegado tan cerca de las visiones del Paraíso, allí estaba aquella gente discutiendo, argumentando, criticando y estableciendo teorías.

Cruzó sus ojos con los de Mari. Ella lo evitó, pero Eduard estaba decidido a terminar de una vez con aquella situación; se acercó a ella y la cogió por el brazo.

—Déjame, Eduard.

Él podía decir «venga conmigo». Pero no quería hacerlo delante de aquella gente, que se sorprendería por el tono firme de su voz. Por eso prefirió arrodillarse e implorar con los ojos.

Los hombres y las mujeres se rieron.

—Te has transformado en una santa para él, Mari —comentó uno de los presentes—. Fue la meditación de ayer.

Pero los años de silencio de Eduard le habían enseñado a hablar con los ojos; era capaz de concentrar toda su energía en ellos. De la misma manera que tenía la absoluta certeza de que Veronika había percibido su ternura y su amor, sabía que Mari entendería su desesperación, porque él la estaba necesitando mucho.

Durante unos instantes, Mari se mostró reticente. Finalmente se levantó y lo tomó de la mano.

—Vamos a dar un paseo —dijo—. Estás nervioso.

Los dos volvieron a salir al jardín. En cuanto estuvieron a suficiente distancia, seguros de que nadie los podía escuchar, Eduard rompió el silencio.

—He permanecido aquí en Villete durante años

—declaró—. Dejé de avergonzar a mis padres, dejé mis ambiciones de lado, pero las visiones del Paraíso han permanecido.

—Lo sé —respondió Mari—. Ya hemos hablado de eso muchas veces. También sé lo que quieres decirme: ha llegado la hora de salir.

Eduard miró al cielo; ¿sentiría ella lo mismo?

—Es por causa de la chica —continuó Mari—. Aquí dentro ya hemos visto morir a mucha gente, siempre en el momento en que no lo esperaban y generalmente después de haber renunciado a vivir. Pero ésta es la primera vez que pasa con una persona joven, atractiva, saludable, con tantos motivos para vivir.

»Veronika es la única interna que no desearía continuar en Villete para siempre. Y esto hace que nos preguntemos: ¿Y nosotros? ¿Qué es lo que buscamos aquí?

Él asintió con la cabeza.

—Entonces, anoche, yo también me pregunté qué estaba haciendo en este sanatorio. Y me di cuenta de que sería mucho más interesante estar en la plaza, en los Tres Puentes, en el mercado que hay frente al teatro, comprando manzanas y discutiendo sobre el tiempo. Es cierto que estaría lidiando con asuntos ya olvidados (cuentas por pagar, dificultades con los vecinos, miradas irónicas de la gente que no me comprende, soledad, protestas de mis hijos). Pero pienso que todo esto forma parte de la vida y el precio de enfrentar estos pequeños problemas es menor que el precio de no reconocerlos como nuestros.

»Estoy pensando en ir hoy a casa de mi ex marido sólo para decirle «gracias». ¿Qué te parece?

—Nada. ¿No debería yo también ir a casa de mis padres y decir lo mismo?

—Tal vez. En el fondo, la culpa de todo lo que sucede en nuestra vida es exclusivamente nuestra. Muchas personas pasaron por las mismas dificultades que nosotros y reaccionaron de manera diferente. Nosotros buscamos lo más fácil: una realidad aparte.

Eduard sabía que Mari tenía razón.

—Tengo ganas de recomenzar mi vida, Eduard. Cometiendo los errores en que siempre deseé incurrir y nunca me atreví. Enfrentando el pánico que puede volver a surgir, pero cuya presencia sólo me provocará fastidio, porque sé que no voy a morirme, ni siquiera a desmayarme por su causa. Puedo conseguir nuevos amigos y enseñarles a ser locos, para que sean sabios. Les diré que no sigan el manual de la buena conducta sino que descubran sus propias vidas, deseos, aventuras y ¡que VIVAN! Citaré el Eclesiastés a los católicos, el Corán a los islámicos, la Torá a los judíos, los textos de Aristóteles a los ateos. Ya no quiero volver a ser abogada, pero puedo servirme de mi experiencia para dar conferencias sobre hombres y mujeres que conocieron la verdad de esta existencia y cuyos escritos pueden resumirse en una única palabra: «Vivan.» Si vives, Dios vivirá contigo. Si rehúsas correr sus riesgos, Él retornará al distante Cielo y se convertirá tan sólo en un tema de especulación filosófica.

»Todos sabemos eso. Pero nadie da el primer paso, quizás por miedo a ser llamado loco. Y, por lo menos, este miedo nosotros ya no lo tenemos, Eduard. Ya pasamos por Villete.

—Tan sólo no podremos ser candidatos a la presidencia de la república. La oposición investigaría muy a fondo nuestro pasado.

Mari se rió y estuvo de acuerdo con él.

—Me he cansado de esta vida. No sé si conseguiré superar mi miedo, pero estoy harta de la Fraternidad, de este jardín, de Villete y de fingir que estoy loca.

—Entonces, si yo lo hago, ¿lo hará usted también?

—No lo harás.

—Pues casi lo hice hace unos pocos minutos.

—No sé. Me cansa todo esto, pero ya estoy acostumbrada.

—Cuando entré aquí, con diagnóstico de esquizofrenia, usted pasó días, meses, prestándome atención y tratándome como a un ser humano. Yo también me estaba acostumbrando a la vida que había decidido llevar con la otra realidad que inventé, pero usted no me dejó. Entonces la odié, pero hoy la quiero. Por eso quiero que salga de Villete, Mari, como yo salí de mi mundo aparte.

Mari se alejó sin responder.

En la pequeña —y nunca frecuentada— biblioteca de Villete, Eduard no encontró el Corán, ni obras de Aristóteles ni de otros filósofos mencionados por Mari. Pero allí estaba el texto de un poeta:

Por eso me dije a mí mismo: «la suerte
del insensato será también la mía».
Ve, come tu pan con alegría
y bebe a gusto tu vino
porque Dios ya aceptó tus obras.
Que tus vestiduras permanezcan siempre blancas
y nunca falte perfume en tu cabeza.
Disfruta la vida con la mujer amada
en todos tus días de vanidad
que Dios te concedió bajo el sol.

Porque ésta es tu porción de vida
y en tu fatigoso trabajo bajo el sol
sigue los caminos de tu corazón
y el deseo de tus ojos
sabiendo que Dios te pedirá cuentas.

—Dios pedirá cuentas al final —dijo Eduard en voz alta—. Y yo diré: «Durante una época de mi vida permanecí mirando al viento y me olvidé de sembrar; no disfruté mis días, ni siquiera bebí el vino que me era ofrecido. Pero un día me juzgué preparado y volví a mi trabajo. Relaté a los hombres mis visiones del Paraíso, como el Bosco, Van Gogh, Wagner, Beethoven, Einstein y otros locos lo habían hecho antes que yo.» Él dirá que yo me fui del psiquiátrico para no ver morir a una chica, pero ella estará allí en el cielo e intercederá por mí.

—¿Qué estás diciendo? —le interrumpió el encargado de la biblioteca.

—Quiero salir de Villete ahora —respondió Eduard en un tono de voz más alto de lo normal—. Tengo que hacer.

El empleado apretó un timbre y al poco tiempo aparecieron dos enfermeros.

—Quiero salir —repitió Eduard, agitado—. Estoy bien, déjenme hablar con el doctor Igor.

Pero los dos hombres ya lo habían agarrado, uno por cada brazo. Eduard intentaba soltarse de ellos, aun sabiendo que era inútil.

—Estás teniendo una crisis, tranquilízate —dijo uno de ellos—. Nos ocuparemos de eso.

Eduard comenzó a debatirse.

—¡Suéltenme! —gritaba—. ¡Déjenme hablar por lo menos un minuto!

El trayecto hacia la enfermería atravesaba la sala de estar, y todos los otros internos estaban allí reunidos. Eduard se resistía y el ambiente empezó a soliviantarse.

—¡Déjenlo libre, es un loco!

Algunos reían, otros golpeaban con las manos las mesas y las sillas.

—¡Esto es un manicomio! ¡Nadie está obligado a comportarse como ustedes!

Uno de los hombres susurró al otro:

—Tenemos que amedrentarlos, o dentro de poco la situación será incontrolable.

—Sólo hay una manera.

—Al doctor Igor no le gustará.

—Peor será ver a esta banda de maníacos destrozando su preciado sanatorio.

Veronika se despertó sobresaltada, bañada en un sudor frío. El ruido exterior era muy fuerte y ella necesitaba silencio para continuar durmiendo. Pero el escándalo proseguía.

Se levantó atontada y caminó hasta la sala de estar, a tiempo de ver cómo Eduard era arrastrado mientras otros enfermeros llegaban corriendo con una jeringa en la mano.

—¡Qué es lo que están haciendo! —gritó.

—¡Veronika!

¡El esquizofrénico la había interpelado! ¡Había pronunciado su nombre! Con una mezcla de vergüenza y sorpresa, la joven intentó acercarse, pero uno de los enfermeros se lo impidió.

—¿Qué es eso? ¡Yo no estoy aquí por ser una loca! ¡Ustedes no pueden tratarme así!

Consiguió empujar al enfermero mientras los otros internos gritaban y armaban una algazara que la asustó. ¿Sería conveniente llamar al doctor Igor y después irse en seguida?

—¡Veronika!

Él había vuelto a pronunciar su nombre. En un esfuerzo sobrehumano, Eduard consiguió librarse de los dos hombres. Pero en vez de salir corriendo se quedó de pie, inmóvil, tal como había permanecido la noche anterior. Como por arte de magia, los presentes se quedaron inmóviles, aguardando el siguiente movimiento.

Uno de los enfermeros volvió a aproximarse, pero Eduard lo miró, usando de nuevo toda su energía.

—Voy con ustedes. Ya sé adónde me llevan, y sé también que quieren que todos lo sepan. Esperen sólo un minuto.

El enfermero decidió que valía la pena correr el riesgo; al fin y al cabo, todo parecía haber vuelto a la normalidad.

—Yo creo que tú... creo que tú eres importante para mí —dijo Eduard a Veronika.

—No puede ser, tú no puedes hablar, no vives en este mundo, no sabes que me llamo Veronika. No estuviste conmigo anoche, ¡por favor, di que no estuviste!

—Estuve.

Ella le tomó la mano. Los locos gritaban, aplaudían y decían cosas obscenas.

—¿Adónde te llevan?

—Para un tratamiento.

—Voy contigo.

—No vale la pena. Te asustarás, aunque yo te asegure que no duele, que no se siente nada. Es mucho mejor que los calmantes porque la lucidez se recupera antes.

Veronika no sabía de qué le estaba hablando. Se arrepintió de haberle tomado la mano, tenía ganas de escaparse lo más pronto posible y esconder su vergüenza, no volver a ver nunca más a aquel hombre que había presenciado lo que había de más sórdido en ella y, a pesar de eso, continuaba tratándola con ternura.

Pero de nuevo recordó las palabras de Mari: no tenía por qué dar explicaciones a nadie de su vida, ni siquiera a aquel muchacho que se encontraba frente a ella.

—Voy contigo.

Los enfermeros consideraron que quizás fuera mejor así: el esquizofrénico ya no necesitaba ser reducido, los acompañaba por su propia voluntad.

Cuando llegaron al dormitorio, Eduard se acostó voluntariamente en la cama. Ya había dos hombres más esperando, con una extraña máquina y una bolsa con tiras de tela.

Eduard se dirigió a Veronika y le pidió que se sentase en la cama a su lado.

—En algunos minutos esto se sabrá por todo Villete. Y todos se calmarán, porque hasta la más furiosa de las locuras carga su dosis de miedo. Sólo quien ha pasado por esto sabe que no es tan terrible como parece.

Los enfermeros escucharon lo que decía y no lo podían creer. Debía de doler mucho, pero nadie sabe lo que pasa por la cabeza de un loco. Lo único sensato que había dicho el chico era acerca del miedo: la historia correría por Villete y la calma volvería instantáneamente.

—Te has acostado antes de tiempo —dijo uno de ellos.

Eduard se levantó y ellos extendieron una especie de manta de goma.

—Ahora sí puedes acostarte.

Él obedeció. Estaba tranquilo, como si todo aquello no pasara de ser mera rutina.

Los enfermeros ataron algunas tiras de tela en torno al cuerpo de Eduard y colocaron una goma en su boca.

—Es para que no se muerda involuntariamente la lengua —explicó a Veronika uno de los hombres, satisfecho de proporcionar a la par una advertencia y una información técnica.

Colocaron la extraña máquina (no mucho mayor que una caja de zapatos, con algunos botones y tres visores como punteros) en una silla al lado de la cama. Dos cables salían de su parte superior y terminaban en algo parecido a unos auriculares.

Uno de los enfermeros colocó los auriculares en las sienes de Eduard. El otro pareció regular el mecanismo girando algunos botones, ora hacia la derecha, ora hacia la izquierda. Aunque no podía hablar por causa de la goma en la boca, Eduard mantenía sus ojos fijos en los de Veronika y parecía decirle: «No te preocupes; no te asustes.»

—Está regulado para 130 voltios en 0,30 segundos —informó el enfermero que se ocupaba de la máquina—. Allá va.

Apretó un botón y la máquina emitió un zumbido. En ese mismo momento, los ojos de Eduard se pusieron vidriosos y su cuerpo se retorció en la cama con tal furia que de no haber sido por las tiras de tela que lo sujetaban se habría partido la columna.

—¡Paren eso! —gritó Veronika.

—Ya lo paramos —respondió el enfermero, retirando los auriculares de la cabeza de Eduard.

Aun así, el cuerpo continuaba retorciéndose y la cabeza se balanceaba de un lado a otro con tal violencia que uno de los hombres decidió sujetarla. El otro guardó la máquina en una bolsa y se sentó a fumar un cigarrillo.

La escena duró algunos minutos. Cuando el cuerpo parecía volver a la normalidad, se reanudaban los espasmos, mientras uno de los enfermeros redoblaba su fuerza para mantener firme la cabeza de Eduard. Poco a poco las contracciones fueron disminuyendo hasta que cesaron por completo. Eduard mantenía los ojos abiertos y uno de los hombres los cerró, como se hace con los muertos.

Después retiró la goma de la boca del muchacho, lo desató y guardó las tiras de tela en la bolsa donde había dejado la máquina.

—El efecto del electroshock dura una hora —informó a la chica, que había dejado de gritar y parecía hipnotizada con lo que estaba viendo—. Todo ha ido bien, pronto volverá a estar normal y, además, más calmado.

En cuanto fue alcanzado por la descarga eléctrica, Eduard sintió lo que ya antes había experimentado: la visión normal iba disminuyendo, como si alguien cerrase una cortina, hasta que todo desaparecía por completo. No había dolor ni sufrimiento, pero ya había presenciado la aplicación de electroshocks a otros internos y sabía lo terrible que podía parecer la escena.

Eduard ahora se encontraba en paz. Si momentos antes estaba reconociendo algún tipo de sentimiento nuevo en su corazón, si empezaba a percibir que el amor no era solamente aquello que sus padres le daban, el electroshock —o terapia electroconvulsiva (TEC), como preferían llamarlo los especialistas— con seguridad lo haría volver a la normalidad.

El principal efecto de la TEC era el olvido de las experiencias recientes. Eduard no podía alimentar sueños imposibles. No podía estar mirando hacia un futuro inexistente; sus pensamientos debían permanecer dirigidos hacia su pasado, o iba a terminar queriendo retornar nuevamente a la vida.

Una hora más tarde, Zedka entró en la enfermería casi desierta; sobre la cama yacía el muchacho y, a su lado, estaba sentada una chica.

Cuando se acercó vio que la joven había vuelto a vomitar y que su cabeza estaba inclinada, colgando hacia la derecha.

Zedka se dio la vuelta para pedir socorro pero Veronika levantó la cabeza.

—No es nada —dijo—. Tuve otro ataque, pero ya pasó.

Zedka la cogió cariñosamente y la llevó hasta el lavabo.

—Es un lavabo de hombres —comentó la chica.

—No hay nadie aquí, no te preocupes.

Le retiró el jersey inmundo, lo lavó y lo colocó sobre el radiador de la calefacción. Después se quitó su propia blusa de lana y se la puso a Veronika.

La chica parecía distante, como si nada le interesara

ya. Zedka la acompañó de vuelta a la silla donde había estado sentada.

—Eduard se despertará dentro de poco. Quizás le cueste recordar lo que pasó, pero la memoria le retornará rápidamente. No te asustes si no te reconoce en los primeros momentos.

—No me asustaré —respondió Veronika—, porque tampoco me reconozco a mí misma.

Zedka buscó una silla y se sentó a su lado. Había estado en Villete tanto tiempo que no le costaba nada permanecer algunos minutos más con su amiga.

—¿Recuerdas nuestro primer encuentro? Aquel día yo te conté una historia para intentar explicarte que el mundo es exactamente de la manera como lo vemos. Todos creían que el rey estaba loco porque él quería imponer un orden que ya no existía en la mente de sus súbditos.

»Sin embargo, hay cosas en la vida que, no importa del lado que las veamos, continúan siendo siempre las mismas, y valen para todo el mundo. Como el amor, por ejemplo.

Zedka notó que los ojos de Veronika habían cambiado y resolvió proseguir.

—Yo diría que, si a alguien le queda muy poco tiempo de vida, y decide pasar ese escaso tiempo que le resta junto a un lecho, velando a un hombre dormido, hay algo de amor. Diría más: si durante ese tiempo esta persona sufrió un ataque cardíaco y permaneció en silencio, sólo para no tener que alejarse de ese hombre, es porque ese amor puede acrecentarse notablemente.

—También podría ser desesperación —dijo Veronika—. Una tentativa de probar que, al fin y al cabo, no hay motivos para continuar luchando bajo el sol. No puedo estar enamorada de un hombre que vive en otro mundo.

—Todos nosotros vivimos en nuestro propio mundo. Pero si tú miras hacia el cielo estrellado, verás que todos estos mundos diferentes se combinan, formando constelaciones, sistemas solares, galaxias.

Veronika se levantó y fue hasta la cabecera de Eduard. Cariñosamente pasó las manos por sus cabellos. Estaba contenta porque tenía a alguien con quien hablar.

—Hace muchos años, cuando yo era una niña y mi madre me obligaba a aprender a tocar el piano, me decía a mí misma que sólo sería capaz de tocarlo bien cuando estuviera enamorada. Anoche, por primera vez en mi vida, sentí que las notas salían de mis dedos como si yo no tuviese ningún control sobre lo que estaba ejecutando.

»Una fuerza me guiaba, interpretaba melodías y acordes que nunca me juzgué capaz de tocar. Yo me había entregado al piano porque había acabado de entregarme a este hombre sin que él hubiese tocado siquiera uno de mis cabellos. Ayer yo no era la misma, ni cuando me entregué al sexo, ni cuando toqué el piano y, sin embargo, a pesar de eso, creo que fui yo misma.

Veronika movió la cabeza.

—Nada de lo que estoy diciendo tiene sentido.

Zedka se acordó de sus encuentros en el espacio con todos aquellos seres que fluctuaban en direcciones diferentes. Quiso contárselo a Veronika, pero tuvo miedo de confundirla más aún.

—Antes de que repitas que vas a morir, quiero que sepas algo: hay gente que pasa la vida entera procurando vivir un momento como el que tú tuviste anoche, y no lo consigue. Por eso, si tienes que morir ahora, hazlo con el corazón lleno de amor.

Zedka se levantó.

—No tienes nada que perder. Mucha gente no se permite amar precisamente por este motivo; porque hay muchas cosas, mucho futuro y mucho pasado en juego. En tu caso existe únicamente el presente.

Se acercó a Veronika y le dio un beso.

—Si me quedo más tiempo en este lugar, terminaré desistiendo de marcharme. Estoy curada de mi depresión, pero descubrí dentro de mí otros tipos de locura. Quiero asumirlos y empezar a ver la vida con mis propios ojos.

»Cuando entré era una mujer deprimida. Hoy soy una mujer loca, y estoy muy orgullosa de ello. Allá afuera me comportaré exactamente como los demás: haré las compras en el supermercado, conversaré sobre trivialidades con mis amigas, perderé algún tiempo importante delante de la televisión. Pero sé que mi alma estará libre, y puedo soñar y conversar con otros mundos que, antes de entrar aquí, ni soñaba que existiesen.

»Me permitiré hacer algunas tonterías sólo para que la gente comente: ¡claro, ha salido de Villete! Pero sé que mi alma estará completa porque mi vida tiene un sentido. Podré mirar una puesta de sol y creer que Dios está detrás de ella. Cuando alguien me moleste mucho, le diré alguna barbaridad, y no me importará lo que piensen puesto que todos dirán: «¡Ella salió de Villete!»

»Miraré a los hombres por la calle directamente a los ojos, sin vergüenza de sentirme deseada. Pero después pasaré por una tienda de productos importados, compraré los mejores vinos que mi dinero pueda comprar y haré que mi marido beba conmigo, porque quiero reír con él, a quien tanto amo.

»Él me dirá, riendo: «¡Estás loca!», y yo le responderé: «¡Claro, estuve en Villete, y la locura me liberó! Ahora, mi adorado marido, tienes que pedir vacaciones todos los años y llevarme a conocer algunas montañas peligrosas, porque necesito correr el riesgo de estar viva.»

»La gente dirá: «¡Ella salió de Villete y está contagiando su locura al marido!» Y él entenderá que la gente tiene razón y dará gracias a Dios porque nuestro matrimonio está comenzando ahora y somos locos, como lo son los que inventaron el amor.

Y Zedka se fue, tarareando una melodía que Veronika nunca había escuchado.

El día estaba siendo agotador, pero muy gratificante. El doctor Igor procuraba mantener la flema y la indiferencia propias de un científico, pero apenas conseguía controlar su entusiasmo: los tests para la cura del envenenamiento por vitriolo estaban dando resultados sorprendentes.

—Usted no tiene entrevista concertada para hoy —le dijo a Mari, que había entrado sin llamar a la puerta.

—No lo entretendré mucho. En verdad, me gustaría solamente pedirle una opinión.

«Hoy todos están queriendo solamente una opinión», pensó el doctor Igor, acordándose de la chica y su pregunta referente al sexo.

—Eduard acaba de recibir un *shock* eléctrico.

—Terapia electroconvulsiva, por favor. Use el nombre correcto o va a parecer que somos un grupo de bárbaros. —El doctor Igor había conseguido disimular su sorpresa, pero después pensaba averiguar quién había decidido aquello—. Y si quiere conocer mi opinión sobre el asunto, debo aclararle que la TEC no se aplica hoy como se hacía antiguamente.

—Pero es peligrosa.

—Antes era muy peligrosa; no se sabía el voltaje

exacto ni el lugar adecuado para colocar los electrodos, y mucha gente murió de derrame cerebral durante el tratamiento. Pero las cosas han cambiado: hoy en día la TEC se vuelve a utilizar con mucha mayor precisión técnica y tiene la ventaja de provocar amnesia rápida, evitando la intoxicación química por uso prolongado de medicamentos. Lea algunas revistas psiquiátricas, por favor, y no confunda la TEC con los *shocks* eléctricos de los torturadores sudamericanos.

»Listo. La opinión pedida ya está dada. Ahora tengo que volver al trabajo.

Pero Mari no se movió.

—No fue eso lo que vine a preguntar. En verdad lo que quiero saber es si puedo irme de aquí.

—Usted sale cuando quiere y vuelve porque así lo desea, y porque su marido aún tiene dinero para mantenerla en un lugar caro como éste. Tal vez usted debiera preguntarme: «¿Estoy curada?» Y mi respuesta es otra pregunta: «¿Curada de qué?» Usted dirá: «Curada de mi miedo, del síndrome de pánico.» Y yo le responderé: «Bien, Mari, hace tres años que usted ya no sufre de eso.»

—Entonces estoy curada.

—Claro que no. Su enfermedad no es ésa. En la tesis que estoy escribiendo para presentar ante la Academia de Ciencias de Eslovenia —el doctor Igor no quería entrar en detalles sobre el vitriolo— procuro estudiar el comportamiento humano llamado «normal». Muchos médicos antes que yo ya hicieron ese estudio, llegando a la conclusión de que la normalidad es apenas una cuestión de consenso; o sea, si mucha gente piensa que una cosa está bien, es correcta, entonces esa cosa pasa a estar bien y ser correcta.

»Existen muchas cosas que son gobernadas por el sentido común humano: colocar los botones en la parte de delante de una camisa es una cuestión lógica, ya que sería muy difícil abotonarlos al lado, e imposible si estuviesen detrás.

»Otras cosas, sin embargo, se van imponiendo porque cada vez más gente piensa que tienen que ser así. Le daré dos ejemplos: ¿usted ya se preguntó por qué las letras de un teclado de máquina de escribir están colocadas en ese orden?

—Nunca me lo pregunté.

—Llamemos QWERTY a ese teclado, ya que las letras de la primera línea están dispuestas así. Yo me pregunté el porqué de eso, y encontré la respuesta: la primera máquina fue inventada por Christopher Scholes, en 1873, con el fin de mejorar la caligrafía. Pero presentaba un problema: si la persona tecleaba con mucha velocidad, los tipos se entrechocaban y trababan la máquina. Entonces Scholes diseñó el teclado QWERTY, que obligaba a los usuarios a escribir con mayor lentitud.

—No me lo puedo creer.

—Pero es verdad. Sucede que la Remington, que en aquella época fabricaba máquinas de coser, implantó el teclado QWERTY en sus primeras máquinas de escribir. Lo que significa que más personas fueron obligadas a aprender ese sistema, y más compañías pasaron a fabricar estos teclados, hasta que se convirtió en el único modelo existente. Repito: el teclado de las máquinas y de los ordenadores fue diseñado para que se mecanografiase más lentamente, y no más rápido, ¿comprende? Intente cambiar las letras de lugar y no encontrará un comprador para su producto.

La primera vez que vio un teclado, Mari se había preguntado por qué no estarían las letras en orden alfabético, pero nunca más se había vuelto a formular la pregunta pues pensó que aquél sería el mejor diseño para que las personas mecanografiasen más rápido.

—¿Conoce usted Florencia? —preguntó el doctor Igor.

—No.

—Debería conocerla; no está muy lejos y allí está mi segundo ejemplo. En la catedral de Florencia hay un reloj bellísimo, diseñado por Paolo Uccello en 1443. Sucede que este reloj tiene una curiosidad: aunque marque las horas, como todos los otros, las agujas se mueven en sentido contrario al que estamos acostumbrados.

—¿Y eso qué tiene que ver con mi enfermedad?

—Ya llegaremos. Paolo Uccello, al crear este reloj, no estaba intentando ser original; en verdad en aquel momento había varios relojes así, y otros con las agujas avanzando en el sentido que hoy conocemos. Por alguna razón desconocida, tal vez porque el Duque tenía un reloj con las agujas andando en el sentido que hoy conocemos como «correcto», éste terminó imponiéndose como único sentido, y el reloj de Uccello pasó a ser una aberración, una locura.

El doctor Igor hizo una pausa. Pero sabía que Mari estaba siguiendo bien su razonamiento.

—Entonces, vayamos a su enfermedad: cada ser humano es único, con sus propias cualidades, instintos, formas de placer, búsqueda de aventura. Pero la sociedad termina imponiendo una manera colectiva de actuar, y las personas no se detienen para preguntarse por qué es necesario que se comporten así. Se limitan a aceptarlo, como los dactilógrafos aceptaron el hecho de que el QWERTY era el mejor teclado posible. ¿Conoció usted a alguien, en toda su vida, que se haya preguntado por qué las agujas del reloj van en una dirección y no en sentido contrario?

—No.

—Si alguien lo preguntase, probablemente le dirían: ¡usted está loco! Si insistiera en la pregunta, los interpelados intentarían encontrar una razón, pero pronto tratarían de cambiar de tema, porque no hay razón alguna aparte de la que le expliqué.

»Ahora vuelvo a su pregunta. Repítala.

—¿Estoy curada?

—No. Usted es una persona diferente, queriendo ser igual. Y esto, desde mi punto de vista, es considerado una enfermedad grave.

—¿Es grave ser diferente?

—Es grave forzarse a ser igual: provoca neurosis, psicosis, paranoia. Es grave querer ser igual porque eso es forzar a la naturaleza e ir contra las leyes de Dios, que en todos los bosques y selvas del mundo no creó una sola hoja igual a otra. Pero usted considera una locura ser diferente, y por eso escogió Villete para vivir. Porque aquí, como todos son diferentes, usted pasa a ser igual que todo el mundo. ¿Lo ha entendido?

Mari hizo una señal afirmativa con la cabeza.

—Por no tener el valor de ser diferentes, las personas van contra la naturaleza y el organismo comienza a producir vitriolo, o amargura, como vulgarmente se conoce a ese veneno.

—¿Qué es el vitriolo?

El doctor Igor se dio cuenta de que se había entusiasmado demasiado y decidió cambiar de tema.

—No importa lo que sea el vitriolo. Lo que quiero

decir es lo siguiente: todo indica que usted no está curada.

Mari tenía años de experiencia en los tribunales y resolvió ponerlos en práctica allí mismo. La primera táctica era fingir que estaba de acuerdo con el oponente para en seguida enredarlo en otro raciocinio.

—Estoy de acuerdo con usted. Yo vine aquí por un motivo muy concreto, el síndrome del pánico, y terminé quedándome por un motivo muy abstracto: la incapacidad de encarar una vida diferente, sin empleo y sin marido. Concuerdo con usted: yo había perdido la voluntad de empezar una vida nueva, a la cual tendría que acostumbrarme. Y voy más lejos aún: concuerdo que en un manicomio, aun con los electroshocks, perdón, la TEC, como usted prefiere, los horarios y los ataques de histeria de algunos internos, las reglas son más fáciles de sobrellevar que las leyes de un mundo que, como usted dice, *hace todo para ser igual.*

»Sucede que, anoche, oí a una mujer tocar el piano. Ella tocó magistralmente, como pocas veces había oído en mi vida. Mientras escuchaba la música, pensaba en todos aquellos que sufrieron para componer aquellas sonatas, preludios y adagios; en la incomprensión que padecieron cuando dieron a conocer sus obras, diferentes, a los que mandaban en el mundo de la música; en la dificultad y humillación de conseguir a alguien que financiase una orquesta; en los silbidos y protestas que pudieron recibir por parte de un público que no estaba acostumbrado a escuchar esas armonías.

»Y, lo que es peor, pensaba: no sólo esos compositores sufrieron sino esa joven que los está interpretando con tanta emoción, porque sabe que va a morir. ¿Y yo, no voy a morir también? ¿Dónde he dejado mi alma, para poder tocar la música de mi vida con el mismo entusiasmo?

El doctor Igor escuchaba en silencio. Al parecer, todo lo que había pensado estaba dando resultado, pero aún era pronto para estar seguro.

—¿Dónde dejé mi alma? —preguntó otra vez Mari—. En mi pasado, en aquello que yo quería que fuese mi vida. Dejé mi alma presa en aquel momento en el que había una casa, un marido y un empleo del que yo quería librarme pero nunca tuve el valor suficiente.

»Mi alma estaba en mi pasado. Pero hoy ha llegado hasta aquí y la siento de nuevo en mi cuerpo, llena de entusiasmo. No sé qué hacer; sé apenas que tardé tres años en entender que la vida me empujaba por un camino diferente, por el que yo no quería ir.

—Me parece que noto algunos síntomas de mejoría —dijo el doctor Igor.

—Yo no necesitaba pedir permiso para dejar Villete. Me bastaba cruzar el portón y no volver más. Pero tenía que decir todo esto a alguien y se lo estoy diciendo a usted: la próxima muerte de esa chica me ha hecho entender mi vida.

—Pienso que estos síntomas de mejoría se están transformando en una cura milagrosa —repuso riendo el doctor Igor—. ¿Qué piensa hacer?

—Ir a El Salvador, a cuidar niños.

—No necesita ir tan lejos: a menos de doscientos kilómetros de aquí está Sarajevo. La guerra terminó, pero los problemas continúan.

—Pues iré a Sarajevo.

El doctor Igor sacó un formulario del cajón y lo rellenó cuidadosamente. Después se levantó y acompañó a Mari hasta la puerta.

—Vaya con Dios —le dijo.

Regresó a su escritorio y cerró la puerta en seguida. No le gustaba encariñarse con sus pacientes, pero nunca conseguía evitarlo. En Villete encontrarían a faltar a Mari.

Cuando Eduard abrió los ojos, la chica todavía estaba allí. En sus primeras sesiones de electroshock pasaba mucho tiempo intentando acordarse de lo que había sucedido; al fin y al cabo, éste era precisamente el efecto terapéutico que se proponía aquel tratamiento: provocar una amnesia parcial de forma que el enfermo olvidase el problema que lo afligía y permitir que se tranquilizara.

Sin embargo, a medida que los electroshocks se le aplicaban con mayor frecuencia, sus efectos ya no duraban tanto tiempo; pronto identificó a la chica.

—Hablaste de las visiones del Paraíso mientras dormías —comentó ella, pasando la mano por sus cabellos.

¿Visiones del Paraíso? Sí, visiones del Paraíso. Eduard la miró. Quería contarle todo.

En aquel momento, sin embargo, la enfermera entró con una jeringa en la mano.

—Tengo que ponérsela ahora —le dijo a Veronika—. Órdenes del doctor Igor.

—Ya me aplicaron una hoy; no voy a dejarme poner otra —reclamó ella—. Tampoco me interesa irme de aquí. No voy a obedecer ninguna orden, ninguna regla, nada que me quieran obligar a hacer.

La enfermera parecía acostumbrada a este tipo de reacciones.

—Entonces, sintiéndolo mucho, tendremos que doparla.

—Tengo que hablar contigo —le dijo Eduard—. Deja que te ponga la inyección.

Veronika levantó la manga del jersey y la enfermera se la aplicó.

—Buena chica —comentó—. ¿Por qué no salen de esta enfermería lúgubre y van a pasear un poco por allí afuera?

—Estás avergonzada por lo que pasó anoche —dijo Eduard mientras caminaban por el jardín.

—Lo estuve. Ahora estoy orgullosa. Quiero saber acerca de las visiones del Paraíso, porque estuve muy cerca de una de ellas.

—Tengo que mirar más lejos, detrás de los edificios de Villete —dijo él.

—Hazlo.

Eduard miró hacia atrás, no a las paredes de las enfermerías o al jardín donde los internos caminaban en silencio, sino a una calle en otro continente, en una tierra donde llovía mucho o no llovía nada.

Eduard podía sentir el olor de aquella tierra: era tiempo de sequía y el polvo entraba por su nariz y le causaba placer, porque sentir tierra es sentirse vivo. Pedaleaba en una bicicleta importada, tenía diecisiete años y acababa de salir del colegio americano de Brasilia, donde también estudiaban los demás hijos de diplomáticos.

Detestaba Brasilia, pero amaba a los brasileños. Su padre había sido nombrado embajador de Yugoslavia en Brasil dos años antes, en una época en que ni siquiera se presentía la sangrienta división del país. Milosevic estaba en el poder; hombres y mujeres vivían sus diferencias y procuraban armonizar más allá de los conflictos regionales.

El primer destino de su padre había sido exactamente Brasil. Eduard soñaba con playas, carnaval, partidos de fútbol, música..., pero fue a parar a aquella capital, lejos de la costa, creada tan sólo para cobijar a políticos, burócratas, diplomáticos y a los hijos de todos ellos, que no sabían bien qué hacer en ese ambiente.

Eduard detestaba vivir allí. Pasaba el día abstraído en sus estudios, intentando, sin conseguirlo, relacionarse con sus colegas de estatus; procurando, sin lograrlo, interesarse como ellos por automóviles, zapatillas de moda y ropas de marca, único tema de conversación entre esos jóvenes.

De vez en cuando se celebraba una fiesta, durante la cual los muchachos se emborrachaban en un lado del salón mientras las chicas fingían indiferencia desde el otro lado. La droga corría siempre, y Eduard ya había experimentado prácticamente todas las variedades posibles sin jamás conseguir interesarse por ninguna de ellas; luego se sentía agitado o somnoliento en exceso y perdía interés por lo que sucedía a su alrededor.

Su familia vivía preocupada. Era necesario prepararlo para seguir la misma carrera que el padre, y aunque Eduard reuniese todas las condiciones necesarias —ganas de estudiar, buen gusto artístico, facilidad para aprender idiomas, interés por la política—, le faltaba una cualidad básica en la diplomacia. Le costaba comunicarse con los demás.

Por más que sus padres lo llevaran a fiestas, abriesen su casa a sus amigos del colegio americano y le asignaran una generosa mesada, eran raras las veces que Eduard aparecía con alguien. Un día su madre le preguntó por qué no traía a sus amigos para almorzar o cenar.

—Ya sé todas las marcas de zapatillas y ya conozco el nombre de todas las chicas con quienes es fácil acostarse. No tenemos otro tema interesante que tratar.

Hasta que apareció la joven brasileña. El embajador y su mujer se tranquilizaron cuando el hijo comenzó a salir, llegando tarde a casa. Nadie sabía exactamente de dónde había salido, pero cierta noche Eduard la llevó a cenar a casa. La chica era educada, y ellos se alegraron: ¡por fin su hijo iba a desarrollar su talento en la relación con desconocidos! Además (ambos lo pensaron sin comentarlo entre sí), la presencia de aquella joven les quitaba un gran peso de encima: ¡Eduard no era homosexual!

Trataron a María (tal era su nombre) con la amabilidad de futuros suegros, a pesar de saber que dentro de dos años serían trasladados a otro destino y de que no tenían la menor intención de acceder a que su hijo se casara con alguien oriundo de un país tan exótico. Tenían planes para que él encontrase una chica de buena familia en Francia o Alemania, que pudiese acompañar con dignidad la brillante carrera diplomática que el embajador estaba preparando para él.

Eduard, no obstante, se mostraba cada vez más enamorado. Preocupada, la madre fue a hablar con su marido.

—El arte de la diplomacia consiste en hacer esperar al oponente —dijo el embajador—. Un primer amor puede no pasar nunca, pero siempre acaba.

Pero Eduard daba muestras de haber cambiado por completo. Empezó a aparecer en la casa con libros extraños, montó una pirámide en su cuarto y, junto con María, encendían incienso todas las noches y permanecían durante horas concentrados en un extraño dibujo clavado en la pared. El rendimiento de Eduard en el colegio americano empezó a descender.

La madre no entendía portugués, pero podía ver las cubiertas de los libros, en las que aparecían dibujos de cruces, hogueras, brujas ahorcadas, símbolos exóticos.

—Nuestro hijo está leyendo cosas peligrosas —aseveró.

—Peligroso es lo que está pasando en los Balcanes —respondió el embajador—. Hay rumores de que la región de Eslovenia quiere la independencia, y esto nos puede llevar a una guerra.

La madre, no obstante, no daba la menor importancia a la política; quería saber qué estaba pasando con su hijo.

—¿Y esa manía de encender incienso?

—Es para disimular el olor de marihuana —afirmaba el embajador—. Nuestro hijo ha tenido una excelente educación, así que no puede creer que esos palitos perfumados puedan atraer a los espíritus.

—¡Mi hijo está mezclado en drogas!

—Suele pasar. Yo también fumé marihuana cuando era joven y uno pronto se cansa, como me cansé yo.

La mujer se sintió orgullosa y tranquila: su marido era un hombre con experiencia, había entrado en el mundo de la droga y conseguido salir. Un hombre con esta fuerza de voluntad era capaz de controlar cualquier situación.

Un buen día, Eduard pidió una bicicleta.

—Tienes chófer y un Mercedes Benz. ¿Para qué quieres una bicicleta?

—Para el contacto con la naturaleza. María y yo vamos a hacer un viaje de diez días —les comunicó—. Hay un lugar aquí cerca con inmensos depósitos de cristal y María asegura que transmiten muy buena energía.

La madre y el padre habían sido educados bajo el régimen comunista: los cristales eran apenas un producto mineral, que obedecía a una determinada organización de átomos y no emanaban ningún tipo de energía, fuese ésta positiva o negativa. Investigaron y descubrieron que aquellas ideas de «vibraciones de cristales» empezaban a estar de moda.

Si su hijo hablara sobre el tema en una fiesta oficial, podría parecer ridículo a los ojos de los demás asistentes. Por primera vez el embajador reconoció que la situación estaba empezando a ser grave. Brasilia era una ciudad que vivía de rumores y pronto se sabría que Eduard estaba mezclado en supersticiones primitivas; los rivales en la embajada podían pensar que había aprendido aquello de los padres, y la diplomacia —además de ser el arte de esperar— era también la capacidad de mantener siempre, en cualquier circunstancia, una apariencia convencional y protocolar.

—Hijo mío, esto no puede continuar así —dijo el padre—. Tengo amigos en el Ministerio de Relaciones Exteriores de Yugoslavia. Tú serás un brillante diplomático, y es preciso aprender a enfrentar al mundo.

Eduard salió de su casa y aquella noche no volvió. Sus padres llamaron a casa de María, a los hospitales y hasta a la morgue sin conseguir ninguna noticia. La madre perdió la confianza en la capacidad de su marido de tratar con la familia, aun cuando fuese un excelente negociador con extraños.

Al día siguiente, Eduard apareció hambriento y somnoliento. Comió y se fue a su cuarto, encendió sus inciensos, rezó sus mantras y durmió el resto de la tarde y de la noche. Cuando se despertó, una bicicleta nueva y reluciente lo estaba esperando.

—Vete a ver tus cristales —dijo la madre—. Yo ya le explicaré a tu padre.

Y así, aquella tarde de sequía y polvareda, Eduard se dirigía alegremente a casa de María. La ciudad estaba tan bien diseñada (en opinión de los arquitectos) o tan mal diseñada (en opinión de Eduard) que casi no había esquinas. Él iba por la derecha en una pista de alta velocidad, mirando el cielo lleno de nubes que no producen lluvia, cuando sintió que subía en dirección a ese cielo a una velocidad inmensa para inmediatamente bajar y encontrarse en el asfalto.

¡PRAC!

«He sufrido un accidente.»

Quiso girarse porque su cara estaba pegada al asfalto, pero advirtió que ya no tenía control sobre su cuerpo. Oyó el ruido de coches que frenaban, gente que gritaba, alguien que se aproximó e intentó tocarlo, para luego oír un grito: «¡No lo toque! Si alguien lo toca, puede quedar inválido para el resto de su vida.»

Los segundos pasaban lentamente, y Eduard comenzó a sentir miedo. A diferencia de sus padres, creía en Dios y en una vida más allá de la muerte, pero aun así consideraba injusto aquello: morir a los diecisiete años, mirando el asfalto, en una tierra que no era la suya.

—¿Estás bien? —inquiría una voz.

No, no estaba bien, no conseguía moverse ni tampoco conseguía decir nada. Lo peor de todo era que no perdía la conciencia, sabía exactamente lo que estaba pasando y en lo que se había metido. ¿Por qué no se desmayaba? ¿Es que Dios no tenía piedad de él, justamente en un momento en que Lo buscaba con tanta intensidad, contra todo y contra todos?

—Los médicos ya están en camino —le susurró otra persona cogiendo su mano—. No sé si puedes oírme, pero quédate tranquilo. No es nada grave.

Sí, podía oír, y le gustaría que esa persona —un hombre— continuase hablando, garantizase que no era nada grave, aun cuando ya fuese lo bastante adulto como para entender que siempre se dice eso cuando la situación es muy seria. Pensó en María, en la región donde había montañas de cristales llenos de energía positiva, mientras que Brasilia era la mayor concentración de negatividad que había conocido en sus meditaciones.

Los segundos se transformaron en minutos, las personas continuaban en sus intentos por consolarlo y, por primera vez desde que sucediera todo, empezó a sentir dolor. Un dolor agudo, que nacía en el centro de la cabeza y parecía irradiarse por todo el cuerpo.

—Ya han llegado —dijo el hombre que le tenía cogida la mano—. Mañana estarás andando otra vez en bicicleta.

Pero al día siguiente Eduard estaba en un hospital, con las dos piernas y un brazo enyesados, sin posibilidad de salir de allí durante los próximos treinta días, teniendo que escuchar a su madre llorando sin parar, su padre haciendo nerviosas llamadas telefónicas, los médicos repitiendo cada cinco minutos que las veinticuatro horas más graves ya habían pasado y no había habido ninguna lesión cerebral.

La familia telefoneó a la embajada de Estados Unidos, que nunca confiaba en los diagnósticos de los hospitales públicos y mantenía un servicio de urgencia sofisticadísimo, junto con una lista de médicos brasileños considerados capaces de atender a sus propios diplomáticos. De vez en cuando, en una política de buena vecindad, compartían estos servicios con otras representaciones diplomáticas.

Los norteamericanos trajeron sus aparatos de última generación, hicieron un número diez veces mayor de pruebas y exámenes nuevos y llegaron a la conclusión a la que siempre llegaban: los médicos del hospital público habían evaluado correctamente y habían adoptado las decisiones adecuadas.

Los médicos del hospital público podían ser eficientes, pero los programas de la televisión brasileña eran tan malos como los de cualquier otra parte del mundo, y Eduard tenía poco que hacer. María aparecía cada vez menos por el hospital; quizás había encontrado otro chico que la acompañara a visitar las montañas de cristales.

Contrastando con la extraña conducta de su novia, el embajador y su mujer iban diariamente a visitarlo, pero se negaban a llevarle los libros en portugués que él tenía en casa, alegando que pronto serían trasladados y no había necesidad de aprender una lengua que nunca más tendría que volver a usar. Así pues, Eduard se contentaba con conversar con otros pacientes, discutir sobre fútbol con los enfermeros y leer alguna que otra revista que cayera en sus manos.

Hasta que un día, uno de los enfermeros le trajo un libro que le acababan de dar, pero que él consideraba «demasiado gordo para ser leído». Y fue en ese momento cuando la vida de Eduard empezó a colocarlo en un camino extraño, que lo conduciría a Villete, a la ausencia de la realidad y al distanciamiento completo de las cosas que otros muchachos de su edad irían a hacer en los años siguientes.

El libro versaba sobre los visionarios que habían impactado al mundo: gente que tenía su propia idea del paraíso terrestre y había dedicado su vida a compartirla con los demás. Allí estaba Jesucristo, pero también estaba Darwin, afirmando con su teoría que el hombre descendía del mono; Freud, asegurando que los sueños tenían importancia; Colón, empeñando las joyas de la reina para iniciar la búsqueda de un nuevo continente; Marx, con la idea de que todos merecían igualdad de oportunidades.

Y también santos, como Ignacio de Loyola, un vasco que no dejó pasar la oportunidad de acostarse con todas las mujeres que pudo, que mató a varios enemigos en innúmeras batallas hasta caer herido en Pamplona y entender el Universo en una cama donde convalecía; Teresa de Ávila, que quería de todas maneras encontrar el camino de Dios y sólo lo consiguió cuando sin pensar paseaba por un corredor y se paró delante de un cuadro; Antonio, un hombre hastiado de la vida que llevaba, que decidió aislarse en el desierto y pasó a convivir con demonios durante diez años, experimentando todo tipo de tentaciones; Francisco de Asís, un muchacho como él, decidido a conversar con los pájaros y a dejar atrás todo lo que sus padres habían programado para su vida.

Comenzó a leer aquella misma tarde el tal «libro voluminoso» porque no tenía nada mejor para distraerse; a medianoche, una enfermera entró preguntando si necesitaba ayuda, ya que era el único cuarto que mantenía aún la luz encendida. Eduard la despidió con una simple señal de la mano, sin apartar los ojos del libro.

Los hombres y mujeres que conmocionaron al mundo. Hombres y mujeres comunes, como él, su padre, o la amada que él sabía que estaba perdiendo, llenos de las mismas dudas e inquietudes que todos los seres humanos tenían en su vida diaria. Gente que no tenía un interés especial por la religión, Dios, expansión de la mente o una nueva conciencia hasta que un día habían decidido modificarlo todo. El libro era especialmente interesante porque contaba que, en cada una de aquellas vidas, hubo un momento mágico que los hizo partir en busca de su propia visión del Paraíso.

Gente que no dejó pasar sus vidas en blanco y que para conseguir lo que se habían propuesto habían pedido limosna o habían logrado ser escuchados por dignatarios reales; personajes que habían quebrantado códigos o enfrentado la ira de los poderosos de la época; usado la diplomacia o la fuerza, pero nunca desistiendo, siendo capaces siempre de vencer cada dificultad que se presentaba y de convertirla en una ventaja.

Al día siguiente Eduard entregó su reloj de oro al enfermero que le había dado el libro, y le pidió que lo vendiese y comprase todos los libros que hubiera sobre el tema. Pero no había ninguno más. Intentó leer la biografía de algunos de los personajes, pero siempre describían a ese hombre o a esa mujer como si fuese un elegido, un inspirado, y no una persona común, que debía luchar como cualquier otra para reafirmar lo que pensaba.

Eduard quedó tan impresionado con esa lectura que consideró seriamente la posibilidad de hacerse santo, aprovechando el accidente para cambiar el rumbo de su vida. Pero tenía las piernas rotas, no había tenido ninguna visión en el hospital, no había pasado delante de ningún cuadro que le conmoviera el alma, no tenía amigos para construir una capilla en el interior de la meseta brasileña, y los desiertos estaban muy lejos, en zonas convulsionadas por los problemas políticos. Pero, aun así, podía hacer algo: aprender a pintar, para intentar mostrar al mundo las visiones que aquellos hombres y mujeres tuvieron.

Cuando le quitaron el yeso y volvió a la embajada, rodeado de los cuidados, mimos y atenciones que un hijo de embajador recibe de los otros diplomáticos, pidió a su madre que lo inscribiera en un curso de pintura.

La madre le dijo que ya había perdido muchas clases en el colegio americano, y que era hora de recuperar el tiempo perdido. Eduard se negó: no tenía los mínimos arrestos para continuar aprendiendo geografía y ciencias.

Quería ser pintor. En un momento inadvertido, explicó el motivo:

—Quiero pintar las visiones del Paraíso.

La madre no comentó nada, y prometió hablar con sus amigas para enterarse de cuál era el mejor curso de pintura de la ciudad.

Cuando el embajador volvió del trabajo aquella tarde, encontró a su esposa llorando en su habitación.

—Nuestro hijo está loco —decía mientras las lágrimas le resbalaban por sus mejillas—. El accidente ha afectado su cerebro.

—¡Imposible! —respondió, indignado, el embajador—. Los médicos recomendados por los norteamericanos ya lo han examinado.

La mujer le contó lo que había oído.

—Se trata tan sólo de la rebeldía normal de la juventud. Espera y verás cómo las aguas vuelven a su cauce.

Esta vez la espera no sirvió de nada, porque Eduard tenía prisa por comenzar a vivir. Dos días después, cansado de aguardar una decisión de las amigas de su madre, decidió matricularse en un curso de pintura. Comenzó a aprender la escala de colores y perspectiva, pero comenzó también a convivir con gente que nunca hablaba de marcas de zapatillas ni de modelos de coches.

—¡Está conviviendo con artistas! —exclamaba la madre, llorosa, al embajador.

—Deja al chico —respondía el embajador—. Se cansará pronto, como se cansó de la novia, de los cristales, de las pirámides, del incienso y de la marihuana.

Pero el tiempo pasaba, y el cuarto de Eduard se fue transformando en un atelier improvisado, con pinturas que no tenían el menor sentido para sus padres: eran círculos, combinaciones exóticas de colores, símbolos primitivos mezclados con figuras de gente en actitudes de oración.

Eduard, el antiguo muchacho solitario que durante dos años en Brasilia nunca había aparecido con amigos, ahora llenaba la casa con personas extrañas, todas mal vestidas, con cabellos desgreñados, escuchando discos horribles al máximo volumen, bebiendo y fumando sin límite, demostrando la más absoluta ignorancia de los códigos de las buenas maneras. Cierto día, la directora del colegio americano llamó a la embajadora para sostener una conversación.

—Su hijo debe de estar relacionado con drogas —le dijo—. Su rendimiento escolar está por debajo de lo normal y si continúa así no podremos renovar su matrícula.

La mujer se fue directamente al despacho del embajador y le contó lo que acababa de oír.

—¡Te pasas la vida diciendo que el tiempo hará que

todo vuelva a la normalidad! —lo recriminaba, histérica—. ¡Tu hijo drogado, loco, con algún problema cerebral gravísimo mientras tú sólo te preocupas de cócteles y reuniones sociales!

—Habla más bajo —le pidió él.

—No hablaré más bajo, nunca más en la vida, mientras tú no tomes otra actitud. Este chico necesita ayuda, ¿entiendes?, ¡ayuda médica! Y tienes que hacer algo.

Preocupado porque el escándalo de su mujer pudiese perjudicarlo ante sus funcionarios y por la evidencia de que el interés de Eduard por la pintura estaba durando más tiempo que el esperado, el embajador (un hombre práctico, que sabía todos los procedimientos correctos) estableció una estrategia de ataque al problema.

Empezó por telefonear a su colega, el embajador norteamericano, y le solicitó que le permitiera utilizar los aparatos de examen de la embajada. Su petición fue atendida.

Después buscó nuevamente a los médicos acreditados, les explicó la situación y les solicitó que se efectuara una revisión de todos los exámenes de la época. Los médicos, temerosos de que aquello pudiera acarrearles un proceso, hicieron exactamente lo que les pedía, y concluyeron que los exámenes no reflejaban ninguna anomalía. Antes de que el embajador se retirara, le exigieron que firmase un documento que acreditara que, a partir de aquella fecha, eximía a la embajada de Estados Unidos de la responsabilidad de proporcionar sus nombres.

En seguida el embajador fue al hospital donde Eduard estuvo internado. Habló con el director, explicó el problema relacionado con su hijo y solicitó que, bajo el pretexto de un chequeo de rutina, le hiciesen un examen de sangre para detectar la presencia de drogas en el organismo del muchacho.

Así se hizo. Y no se detectó droga alguna.

Faltaba la tercera y última etapa de la estrategia: conversar con el propio Eduard y averiguar qué estaba pasando. Sólo si se hallaba en posesión de todas las informaciones podría tomar una decisión que le pareciese correcta.

Padre e hijo se sentaron en el salón.

—Tienes preocupada a tu madre —dijo el embajador—. Tus notas han bajado tanto que hay riesgo de que no te renueven la matrícula.

—Mis notas en el curso de pintura han subido, papá.

—Encuentro muy gratificante tu interés por el arte, pero tienes toda tu vida por delante para hacer eso. En este momento lo importante es terminar tu curso secundario, para que puedas ingresar en la carrera diplomática.

Eduard meditó concienzudamente antes de decir nada. Rememoró el accidente, el libro sobre los visionarios —que al final le había señalado el camino para encontrar su verdadera vocación—, pensó en María, de quien no había vuelto a tener noticias. Vaciló mucho, pero por fin respondió:

—Papá, yo no quiero ser diplomático. Quiero ser pintor.

El padre ya estaba preparado para esta respuesta y sabía cómo conjurarla.

—Serás pintor, pero antes termina tus estudios. Organizaremos exposiciones en Belgrado, Zagreb, Ljubljana y Sarajevo. Con la influencia que tengo puedo ayudarte mucho, pero antes es preciso que termines tus estudios.

—Si hago eso sería escoger el camino más fácil, papá. Entraré en cualquier facultad, me diplomaré en algo que no me interesa pero que me permitirá ganar dinero. Entonces la pintura quedará en un segundo plano y yo terminaré olvidando mi vocación. Tengo que aprender a ganar dinero con la pintura.

El embajador empezó a irritarse.

—Tienes todo, hijo mío: una familia que te quiere, casa, dinero, posición social. Pero, ¿sabes?, nuestro país está viviendo un período complicado; hay rumores de guerra civil. Podría ser que mañana yo ya no estuviera más aquí para ayudarte.

—Sabré ayudarme yo mismo, papá. Confía en mí. Un día pintaré una serie llamada «Las visiones del Paraíso». Será la historia visual de aquello que los hombres y las mujeres sintieron en sus corazones.

El embajador elogió la determinación del hijo, terminó la conversación con una sonrisa y decidió dar un mes más de plazo. Al fin y al cabo, la diplomacia es el arte de postergar las decisiones hasta que ellas se resuelvan por sí mismas.

Pasó el mes. Y Eduard continuó dedicando todo su tiempo a la pintura, a los amigos extraños y a escuchar músicas que, probablemente, debían de provocar algún desequilibrio psicológico. Para agravar el cuadro había sido expulsado del colegio americano por discutir con la profesora acerca de la existencia de santos.

En una última tentativa, ya que no era posible postergar una decisión, el embajador volvió a llamar al hijo para tener una conversación entre hombres.

—Eduard, tú ya estás en edad de asumir la responsabilidad de tu vida. Hemos aguantado todo lo posible, pero es hora de acabar con esta tontería de querer ser pintor y, por el contrario, dar un rumbo a tu carrera.

—Papá, ser pintor es dar un rumbo a mi carrera.

—Estás ignorando nuestro amor, nuestros esfuerzos por darte una buena educación. Como tú no eras así antes, sólo puedo atribuir lo que está pasando a una consecuencia del accidente.

—Puedes estar seguro de que os quiero más que a cualquier otra persona o cosa en la vida.

El embajador carraspeó. No estaba acostumbrado a manifestaciones de cariño tan explícitas.

—Entonces, en nombre del amor que nos tienes, por favor, haz lo que tu madre desea. Deja por algún tiempo esta manía de la pintura, búscate amigos que pertenezcan a tu nivel social y vuelve a los estudios.

—Tú me quieres, papá. No puedes pedirme eso porque siempre me diste un buen ejemplo luchando por aquello que querías. No puedes querer que yo sea un hombre sin voluntad propia.

—He dicho «en nombre del amor». Y nunca lo había dicho antes, hijo mío, pero te lo estoy pidiendo ahora. Por el amor que nos tienes, por el amor que nosotros te tenemos, vuelve al hogar, no simplemente en un sentido físico sino en un sentido real. Te estás engañando, huyendo de la realidad.

»Desde que naciste, nosotros hemos alimentado los mayores sueños de nuestras vidas. Tú eres todo para nosotros: nuestro futuro y nuestro pasado. Tus abuelos eran funcionarios públicos y yo tuve que luchar con denuedo para entrar y ascender en esta carrera diplomática. Todo esto solamente para abrir un espacio para ti, hacer las cosas más fáciles. Aún guardo la pluma con la que firmé mi primer documento como embajador; y la he guardado con todo cariño para pasártela a ti el día en que tú hagas lo mismo.

»No nos decepciones, hijo mío. Nosotros ya no viviremos mucho, queremos morir tranquilos sabiendo que tú estás bien encaminado en la vida.

»Si realmente nos amas, haz lo que te estoy pidiendo. Si no nos quieres, continúa con tu conducta actual.

Eduard pasó muchas horas mirando al cielo de Brasilia, viendo las nubes que paseaban por el azul: bellas, pero sin una gota de lluvia para derramar en la tierra seca de la meseta central brasileña. Estaba vacío como ellas.

Si él persistía en su determinación, su madre terminaría consumida de sufrimiento, su padre perdería el entusiasmo por proseguir con su carrera diplomática y ambos se culparían por haber fallado en la educación del hijo querido. Si desistiese de la pintura, las visiones del Paraíso nunca verían la luz del día y nada más en este mundo sería ya capaz de suscitarle entusiasmo o placer.

Miró a su alrededor, vio sus cuadros, recordó el amor y el sentido de cada pincelada y los encontró a todos mediocres. Él era un fraude, estaba queriendo ser algo para lo cual nunca había sido elegido y cuyo precio sería la decepción de los padres.

Las visiones del Paraíso eran para los hombres elegidos, que aparecían en los libros como héroes y mártires de la fe en aquello en que creían. Gente que ya sabía desde la infancia que el mundo los necesitaba. Lo que estaba escrito en el libro era invención de novelista.

Durante la cena dijo a los padres que tenían razón: que aquello era un sueño de juventud, y su entusiasmo por la pintura también ya había pasado. Los padres se pusieron muy contentos, la madre lloró de alegría y abrazó a su hijo; todo había vuelto a la normalidad.

Por la noche el embajador celebró secretamente su victoria abriendo una botella de champán, que se bebió solo. Cuando se dirigió a su habitación, su mujer, por primera vez en muchos meses, ya estaba durmiendo, tranquila.

Al día siguiente encontraron el cuarto de Eduard en estado caótico; las pinturas habían sido destruidas con un objeto cortante y el joven se hallaba sentado en un rincón, mirando al cielo. La madre lo abrazó, le expresó cuánto lo quería, pero Eduard no respondió.

No quería saber más de amor. Estaba harto de esta historia. Pensaba que podía desistir y seguir los consejos del padre, pero había ido demasiado lejos en su empresa: había atravesado el abismo que separa a un hombre de su sueño y ahora no podía regresar.

No podía avanzar ni retroceder. Sólo cabía, simplemente, salir de escena.

Eduard aún se quedó cinco meses más en Brasil, siendo cuidado por especialistas, quienes diagnosticaron un tipo raro de esquizofrenia, quizás resultante del accidente de bicicleta. Entonces estalló la guerra civil en Yugoslavia, el embajador fue llamado con urgencia, los problemas derivados del conflicto bélico eran demasiado acuciantes como para que la familia se pudiera ocupar de él y la única salida fue internarlo en el recién inaugurado sanatorio de Villete.

Cuando Eduard acabó de contar su historia ya era de noche y los dos temblaban de frío.

—Vamos a entrar —dijo él—. Ya están sirviendo la cena.

—Cuando era pequeña, siempre que iba a visitar a mi abuela me quedaba contemplando un cuadro que tenía en la pared de su sala. Era una mujer, Nuestra Señora, como dicen los católicos, encima del mundo, con las manos abiertas hacia la Tierra, desde donde descendían rayos.

»Lo que más me intrigaba de ese cuadro es que aquella señora estaba pisando una serpiente viva. Entonces pregunté a mi abuela: «¿No tiene miedo de la serpiente? ¿No piensa que le va a morder el pie y matarla con su veneno?»

»Mi abuela me dijo: «La serpiente trajo el Bien y el Mal a la Tierra, como dice la Biblia. Y ella controla el Bien y el Mal con su amor.»

—¿Y eso qué tiene que ver con mi historia?

—Cuando te conocí hace una semana, habría sido muy pronto para decir «te amo». Como seguramente no pasaré de esta noche, será también demasiado tarde para decirlo. Pero la gran locura del hombre y de la mujer es exactamente ésta: el amor.

»Tú me has contado una historia de amor. Creo que, sinceramente, tus padres querían lo mejor para ti y fue este amor lo que casi destruyó tu vida. Si la Señora, en el cuadro de mi abuela, estaba pisando a la serpiente, eso significaba que ese amor tenía dos caras.

—Entiendo lo que dices —comentó Eduard—. Yo provoqué el electroshock porque tú me dejas confuso. No sé lo que siento; el amor ya me desquició una vez.

—No tengas miedo. Hoy yo había pedido al doctor Igor que me permitiera salir de aquí y escoger el lugar donde pudiera cerrar los ojos para siempre. Sin embargo, cuando te vi reducido por los enfermeros entendí cuál era la imagen que quería estar contemplando cuando partiese de este mundo: tu rostro. Y decidí no irme.

»Mientras estabas durmiendo por el efecto del electroshock yo tuve otro ataque, y pensé que había llegado mi hora. Contemplé tu rostro, intenté adivinar tu historia y me preparé para morir feliz. Pero la muerte no vino, mi corazón aguantó una vez más, quizás porque soy joven.

Él bajó la cabeza.

—No te avergüences de ser amado. No estoy pidiendo nada, sólo que me dejes quererte y tocar el piano una noche más, si es que aún tengo fuerzas para eso.

»A cambio sólo te pido una cosa: si oyes a alguien comentar que me estoy muriendo, ve a la enfermería. Déjame realizar mi deseo.

Eduard se calló y permaneció en silencio durante un tiempo prolongado; Veronika pensó que tal vez hubiera retornado a su mundo para no volver demasiado pronto.

Finalmente, el joven miró a las montañas que surgían tras los muros de Villete y dijo:

—Si quieres salir, yo te conduciré allá afuera. Dame sólo el tiempo que precise para recoger los abrigos y algún dinero, y en seguida nos iremos los dos.

—No durará mucho, Eduard. Tú lo sabes.

Eduard no respondió. Entró y volvió rápidamente con los abrigos.

—Durará una eternidad, Veronika. Más que todos los días y noches iguales que pasé aquí, intentando siempre olvidar las visiones del Paraíso. Casi las olvidé, pero parece que están volviendo.

»¡Vámonos! Los locos hacen locuras.

Aquella noche, cuando se reunieron para cenar, los internos encontraron a faltar a cuatro personas.

Zedka, que todos sabían que había sido liberada después de un largo tratamiento; Mari, que debía de haber ido al cine, como acostumbraba a hacer con frecuencia; Eduard, que quizás no estuviera aún recuperado del electroshock, y, al pensar en eso, todos los internos sintieron miedo y comenzaron a comer en silencio.

Finalmente, faltaba la chica de los ojos verdes y los cabellos castaños. Aquella que todos sabían que no sobreviviría al fin de semana.

Nadie hablaba con franqueza de la muerte en Villete. Pero las ausencias se notaban, aunque todos procurasen comportarse como si nada hubiera pasado.

Un rumor empezó a correr de mesa en mesa. Algunos lloraron, porque ella estaba llena de vida y ahora debía de estar en un pequeño depósito ubicado en la parte posterior del sanatorio. Sólo los más valientes se atrevían a pasar por allí, y aun así lo hacían durante el día, con la luz iluminándolo todo. Había tres mesas de mármol y generalmente una de ellas estaba siempre con un nuevo cuerpo, cubierto por una sábana.

Todos sabían que esa noche Veronika se encontraba

allí. Los que estaban realmente insanos pronto olvidaron que durante aquella semana el sanatorio había tenido una huésped más, que a veces perturbaba el sueño de todo el mundo con el piano. Algunos pocos, mientras circulaba la noticia, sintieron cierta tristeza, principalmente las enfermeras que habían estado con Veronika durante sus noches en la UCI; pero los funcionarios habían sido entrenados para no crear vínculos afectivos fuertes con los enfermos, ya que unos salían, otros morían y la gran mayoría iba empeorando cada vez más. La tristeza de ellos duró un poco más, pero pronto también pasó.

La gran mayoría de los internos, sin embargo, cuando se enteraron de la noticia, fingieron espanto y tristeza, pero se sintieron aliviados. Porque, una vez más, el ángel exterminador había pasado por Villete y ellos se habían salvado.

Cuando la Fraternidad se reunió después de la cena, un miembro del grupo difundió la noticia: Mari no había ido al cine, sino que se había ido para no volver nunca y les había dejado una nota.

Nadie pareció conceder mucha importancia al hecho: ella siempre les había parecido diferente, demasiado loca, incapaz de adaptarse a la situación ideal en que todos vivían allí.

—Mari nunca entendió lo felices que somos —comentó uno—. Tenemos amigos con afinidades comunes, seguimos una rutina, de vez en cuando salimos juntos para un programa, convidamos a conferenciantes para hablar de asuntos importantes, debatimos sus ideas. Nuestra vida ha alcanzado el perfecto equilibrio, cosa que a tanta gente de allá afuera le encantaría tener.

—Sin contar el hecho de que en Villete estamos protegidos contra el desempleo, las consecuencias de la guerra en Bosnia, los problemas económicos, la violencia... —comentó otro—. Hemos encontrado la armonía.

—Mari me confió una carta —dijo el que había dado la noticia, mostrando un sobre cerrado—. Me pidió que la leyese en voz alta, como si quisiera despedirse de todos nosotros.

El mayor de todos abrió el sobre e hizo lo que Mari pedía. Quiso suspender la lectura a la mitad, pero ya era demasiado tarde y llegó hasta el final.

Cuando yo aún era joven y ejercía la profesión de abogada, leí cierta vez a un poeta inglés, y una frase de él me impactó mucho: «Sed como la fuente que se derrama y no como el tanque que siempre contiene la misma agua.» Siempre pensé que él estaba equivocado: era peligroso derramarse porque podemos terminar inundando zonas donde viven personas queridas, y ahogarlas con nuestro amor y nuestro entusiasmo. Entonces, procuré comportarme toda la vida como un tanque, nunca yendo más allá de los límites de mis paredes interiores.

Sucede que por alguna razón que nunca entenderé, padecí el síndrome del pánico. Me transformé en exactamente aquello que había luchado tanto por evitar: en una fuente que se derramó e inundó todo a mi alrededor. El resultado de eso fue mi internamiento en Villete.

Después de curada volví al tanque y os conocí. Os estoy agradecida por la amistad, el cariño y tantos momentos felices que me habéis dispensado. Vivimos juntos como peces en un acuario, felices porque alguien nos echaba comida a la hora exacta y podíamos, siempre que deseábamos, ver el mundo exterior a través del vidrio.

Pero ayer, por causa de un piano y de una mujer que ya debe de estar muerta hoy, descubrí algo muy importante: que la vida aquí dentro era exactamente igual a la vida allá afuera. Tanto allá como aquí las personas se reúnen en grupos, levantan sus muros y no dejan que nada extraño pueda perturbar sus mediocres existencias. Hacen cosas porque están acostumbradas a hacerlas, estudian asuntos inútiles, se divierten porque están obligadas a divertirse, y que el resto del mundo reviente y se las arregle por sí mismo. Como máximo contemplan (como nosotros lo hicimos tantas veces juntos) el noticiario de la televisión, sólo para tener la confirmación de lo felices que son en un mundo lleno de problemas e injusticias.

O sea: la vida de la Fraternidad es exactamente igual a la vida de casi todo el mundo en el exterior: todos evitando saber lo que se encuentra más allá de las paredes de vidrio del acuario. Durante mucho tiempo eso fue reconfortante y útil. Pero la gente cambia, y ahora voy a la búsqueda de la aventura, a pesar de tener sesenta y cinco años y ser consciente de las muchas limitaciones que esta edad me impone. Me voy a Bosnia: hay gente que me espera allí, aunque no me conozca y yo tampoco la conozca. Pero sé que soy útil, y que el riesgo de una aventura vale mil días de bienestar y confort.

Cuando acabó la lectura de la carta, los miembros de la Fraternidad se fueron a sus respectivos cuartos y enfermerías, diciéndose para sus adentros que ella había enloquecido definitivamente.

Eduard y Veronika escogieron el restaurante más caro de Ljubljana, pidieron los mejores platos y se embriagaron con tres botellas de vino de la cosecha del 88, una de las mejores del siglo. Durante la cena no hablaron ni una sola vez de Villete, ni en pasado ni en futuro.

—Me gustó la historia de la serpiente —decía él, volviendo a llenar su vaso por enésima vez—. Pero tu abuela era muy vieja, no sabía interpretarla.

—¡Respeta a mi abuela! —gritaba Veronika, ya borracha, haciendo que todos en el restaurante se girasen a mirarla.

—¡Un brindis por la abuela de esta chica! —dijo Eduard, levantándose—. ¡Un brindis por la abuela de esta loca que tengo delante y que debe de haberse escapado de Villete!

Las personas volvieron a concentrar su atención en sus platos, fingiendo que nada de aquello estaba sucediendo.

—¡Un brindis por mi abuela! —insistió Veronika.

El dueño del restaurante se acercó a su mesa.

—Por favor, compórtense, hablen bajo.

Ellos se quedaron algo más calmados por algunos instantes pero pronto volvieron a hablar alto, a decir cosas sin sentido y a actuar de manera inconveniente. El dueño del restaurante volvió otra vez a la mesa y les dijo que no se preocuparan por pagar la cuenta pero que tenían que salir de allí en ese mismo momento.

—¡Nos vamos a ahorrar el dinero gastado en estos vinos carísimos! —brindó Eduard—. Es hora de salir de aquí antes de que este hombre cambie de idea.

Pero el hombre no iba a cambiar de idea. Ya estaba retirando la silla de Veronika con un gesto aparentemente cortés, pero cuyo verdadero sentido era ayudarla a levantarse lo más de prisa posible.

Caminaron hasta la pequeña plaza ubicada en el centro de la ciudad. Veronika miró desde allí su habitación del convento y la embriaguez se pasó por un instante. Volvió a acordarse de que estaba a punto de morir.

—¡Compra más vino! —le pidió a Eduard.

Había un bar allí cerca. Eduard trajo dos botellas, los dos se sentaron y continuaron bebiendo.

—¿Qué es lo que está equivocado en la interpretación de mi abuela? —inquirió Veronika.

Eduard estaba tan borracho que tuvo que hacer un gran esfuerzo para acordarse de lo que había dicho en el restaurante. Pero lo consiguió.

—Tu abuela dijo que la mujer estaba pisando aquella serpiente porque el amor tiene que dominar al Bien y al Mal. Es una bonita y romántica interpretación, pero no es nada de eso: porque yo ya conocía esta imagen; ella es una de las visiones del Paraíso que proyectaba pintar. Yo ya me había preguntado por qué siempre retrataban a la Virgen de esta manera.

—¿Por qué?

—Porque la Virgen, la energía femenina, es la gran dominadora de la serpiente, que significa sabiduría. Si te fijas en el anillo del doctor Igor, verás que tiene el símbolo de los médicos: dos serpientes enrolladas en un bastón. El amor está por encima de la sabiduría, como la Virgen está sobre la serpiente. Para ella, todo es Inspiración. Ella no se pone a juzgar el bien ni el mal.

—¿Sabes otra cosa? —dijo Veronika—. A la Virgen nunca le importó lo que los otros pensaran. Imagínate tener que explicar a todo el mundo la historia del Espíritu Santo. Ella no explicó nada, sólo dijo: «Pasó así.» ¿Sabes qué deben de haber dicho los otros?

—¡Claro que lo sé! ¡Que estaba loca!

Los dos rieron. Veronika levantó el vaso.

—Felicitaciones. Deberías pintar esas visiones del Paraíso en vez de estar hablando.

—Empezaré por ti —respondió Eduard.

Al lado de la pequeña plaza hay una pequeña colina. Encima de la pequeña colina hay un pequeño castillo. Veronika y Eduard subieron el empinado camino, maldiciendo y riendo, resbalando en el hielo y quejándose del cansancio.

Al lado del castillo hay una grúa gigantesca de color amarillo. A quien va a Ljubljana por primera vez, aquella grúa le da la impresión de que están reformando el castillo y que en breve será completamente restaurado. Los habitantes de la ciudad, sin embargo, saben que la grúa lleva allí muchos años, aunque nadie sepa la verdadera razón. Veronika le contó a Eduard que cuando se pide a los niños de un jardín de infancia que dibujen el castillo de Ljubljana, ellos siempre incluyen la grúa en el dibujo.

—Además, la grúa siempre se ve mejor conservada que el castillo.

Eduard se rió.

—Deberías estar muerta —comentó, aún bajo el efecto del alcohol pero denotando cierto temor en la voz—. No me explico cómo tu corazón ha podido soportar esta subida.

Veronika le dio un prolongado beso.

—Mira bien mi rostro —le dijo—. Guárdalo con los ojos de tu alma para que puedas reproducirlo algún día. Si quieres empieza por él, pero vuelve a pintar. Ésta es mi última petición. ¿Tú crees en Dios?

—Sí, creo.

—Entonces vas a jurar, por el Dios en el que crees, que me pintarás.

—Lo juro.

—Y que, después de pintarme, continuarás pintando.

—No sé si puedo jurar eso.

—Puedes. Y voy a decirte más: gracias por haber dado un sentido a mi vida. Yo vine a este mundo para pasar todo lo que pasé, intentar el suicidio, destruir mi corazón, encontrarte, subir a este castillo y dejar que tú grabases mi rostro en tu alma. Ésta es la única razón por la cual yo vine al mundo; hacer que tú retomases el camino que interrumpiste. ¡No hagas que yo sienta que mi vida fue inútil!

—Quizás sea demasiado pronto o demasiado tarde, y, sin embargo, de la misma forma que tú lo has hecho conmigo, yo quiero decir que te amo. No necesitas creerme, quizás sea una tontería, una fantasía mía.

Veronika abrazó a Eduard y pidió al Dios en quien no creía que se la llevara en aquel momento.

Cerró los ojos y sintió que él hacía lo mismo. Y el sueño vino, profundo, sin sueños. La muerte era dulce, olía a vino y acariciaba sus cabellos.

Eduard sintió que alguien le daba golpecitos en el hombro. Cuando abrió los ojos, comenzaba a amanecer.

—Es mejor que vayan al refugio del ayuntamiento —le indicó el guardia—. Si continúan aquí se quedarán congelados.

En una fracción de segundo, él recordó todo lo que había sucedido la noche anterior. En sus brazos había acurrucada una mujer.

—Ella... ella está muerta.

Pero la mujer se movió y abrió los ojos.

—¿Qué pasa? —preguntó Veronika.

—Nada —respondió Eduard, levantándola—. O mejor, un milagro: un día más de vida.

En cuanto el doctor Igor entró en el consultorio y encendió la luz (continuaba amaneciendo tarde; aquel invierno estaba durando más de lo necesario), un enfermero llamó a su puerta.

«Empezó pronto hoy», se dijo.

Iba a ser un día complicado debido a la conversación que había sostenido con la chica. Se había preparado para ello durante toda la semana y la noche anterior casi no había podido dormir.

—Tengo noticias alarmantes —dijo el enfermero—. Dos de los internos han desaparecido: el hijo del embajador y la chica con afección cardíaca.

—Sois todos unos incompetentes. La vigilancia de este hospital siempre dejó mucho que desear.

—Es que nadie intentó huir antes —respondió el enfermero, asustado—. No sabíamos que esto fuera posible.

—¡Retírate! Tendré que preparar un informe para los propietarios, notificar a la policía, tomar una serie de medidas. ¡Y avisa de que no me interrumpa nadie, porque esas cosas llevan horas!

El enfermero salió, pálido, sabiendo que parte de aquel gran problema terminaría cayendo sobre sus hombros, porque es así como los poderosos actúan con los más débiles. Con seguridad, lo despedirían antes de que acabara el día.

El doctor Igor buscó un bloc y lo colocó encima de su mesa. Iba a empezar sus notas cuando cambió de idea.

Apagó la luz, se arrellanó en el sillón del escritorio, débilmente iluminado por el sol que aún estaba naciendo, y sonrió. Lo había conseguido.

Dentro de poco tomaría las notas necesarias en las que relataría la única cura conocida para el vitriolo: la conciencia de la vida. Y revelaría cuál era el medicamento que había empleado en su primer gran experimento con los pacientes: la conciencia de la muerte.

Quizás existiesen otros medicamentos, pero el doctor Igor había decidido centrar su tesis en el único que había tenido oportunidad de probar científicamente, gracias a una chica que había entrado —sin querer— en su destino. Había llegado en un estado gravísimo, con intoxicación seria e inicio de coma. Se había debatido entre la vida y la muerte durante casi una semana, el tiempo necesario para que él tuviera la brillante idea de su experimento.

Todo dependía sólo de una cosa: de la capacidad de la joven para sobrevivir.

Y ella lo había conseguido.

Sin ninguna consecuencia seria, ni problema irreversible; si desde ahora en adelante se cuidaba, podría vivir tanto o más que él.

Pero el doctor Igor era el único que sabía eso, como sabía también que los suicidas frustrados tienden a insistir en su intento más pronto o más tarde. ¿Por qué no utilizarla como cobaya para ver si conseguía eliminar el vitriolo —o amargura— de su organismo?

Y el doctor Igor concibió su plan.

Aplicando un fármaco conocido como Fenotal, había conseguido simular los efectos de los ataques cardíacos. Durante una semana ella recibió inyecciones de la droga, y debió de haberse asustado mucho, porque tuvo tiempo de pensar en la muerte y de reexaminar su propia vida. De esta manera, conforme a la tesis del doctor Igor («Ser consciente de la inevitabilidad de la muerte incrementa nuestras ansias de vivir», sería el título del capítulo final de su trabajo), la chica fue eliminando el vitriolo de su organismo, y posiblemente no insistiría en su intento suicida.

Hoy se tenía que encontrar con ella y decirle que, gracias a las inyecciones, había conseguido revertir totalmente el cuadro de los ataques cardíacos. La fuga de Veronika le había evitado la desagradable experiencia de tener que volver a mentir.

Con lo que no contaba el doctor Igor era con el efecto contagioso de una cura por envenenamiento de vitriolo. Mucha gente en Villete se había asustado ante la conciencia de la muerte lenta e irreparable. Todos debían de estar pensando en lo que estaban perdiendo, lo que los llevaba a revalorar sus propias vidas.

Mari había venido a pedir el alta. Otros internos habían solicitado la revisión de sus casos. La situación del hijo del embajador era la más preocupante, porque él simplemente había desaparecido, seguramente intentando ayudar a Veronika en su fuga.

«Tal vez aún estén juntos», pensó el médico.

De cualquier manera, el hijo del embajador sabía la dirección de Villete, si quisiera volver. El doctor Igor estaba demasiado entusiasmado con los resultados como para prestar atención a insignificancias.

Por algunos instantes tuvo otra duda: más pronto o más tarde, Veronika se daría cuenta de que no iba a morir del corazón. Seguramente acudiría a un especialista, quien le diría que su organismo funcionaba con toda normalidad. En ese momento ella concluiría que el médico que la cuidó en Villete era un perfecto incompetente. Pero todos los hombres que osan investigar asuntos prohibidos necesitan cierto coraje y una dosis de incomprensión.

Pero ¿y durante los muchos días que ella tendría que vivir con el miedo a la muerte inminente?

El doctor Igor ponderó largamente los argumentos y llegó a la conclusión de que no se trataba de nada grave. Ella consideraría cada nuevo día de vida como si fuera un milagro, lo que no deja de ser verdad, tomando en cuenta todas las probabilidades de que ocurran cosas inesperadas en cada segundo de nuestra frágil existencia.

Reparó en que los rayos del sol ya eran más intensos, lo que significaba que los internos, a esa hora, deberían de estar desayunando. En breve su antesala estaría llena, los problemas rutinarios volverían, y era mejor empezar a preparar ya las notas de su tesis.

Meticulosamente comenzó a escribir acerca del experimento de Veronika; dejaría para más tarde los informes sobre la falta de condiciones de seguridad del edificio.

Día de Santa Bernadette, 1998

Veronika decide morir forma parte de la trilogía *Y al séptimo día...* Los otros títulos que la forman son *A orillas del río Piedra me senté y lloré* y *El demonio y la señorita Prym.* Los tres libros hablan de una semana en la vida de unas personas normales que, repentinamente, se ven enfrentadas al amor, a la muerte y al poder. Siempre he creído que las transformaciones más profundas, tanto en el ser humano como en la sociedad, tienen lugar en períodos de tiempo muy reducidos. Cuando menos lo esperamos, la vida nos coloca delante un desafío que pone a prueba nuestro coraje y nuestra voluntad de cambio; en ese momento, no sirve de nada fingir que no pasa nada, ni disculparnos diciendo que aún no estamos preparados. El desafío no espera. La vida no mira hacia atrás. En una semana hay tiempo más que suficiente para decidir si aceptamos o no nuestro destino.

Biblioteca Paulo Coelho

Cuando quieres algo, todo el Universo conspira para ayudarte a conseguirlo.

«Donde esté tu tesoro, allí estará también tu corazón.»

Una historia poética y encantadora sobre la profundidad de un amor marcado por el destino.

«El universo siempre conspira a favor de los soñadores.»

Un cuento para adultos que explora la intensa relación entre cuerpo y alma.

«Los encuentros más importantes ya han sido planeados por las almas antes incluso de que los cuerpos se hayan visto.»

El viaje más personal de Paulo Coelho.

«Aquel que desee ver el arcoíris debe aprender a disfrutar de la lluvia.»

Un bello canto al amor.

«El Amor nunca falla. El Amor es la verdadera energía de la vida.»

La búsqueda de un hombre que intenta recuperar un amor perdido.

«Tenemos que olvidar lo que creemos ser para poder ser lo que realmente somos.»

Una fascinante parábola sobre la necesidad de encontrar nuestro camino en la vida.

«Lo Extraordinario reside en el Camino de las Personas Comunes.»

**Si no has amado,
no has vivido.**

«Solo el Amor Verdadero
puede competir con cualquier
otro amor de este mundo.
Cuando lo damos todo,
no tenemos nada que perder.»

**Explorar el mundo es
aprender a conocerse.**

«El que quiera aprender
magia debe empezar por
mirar a su alrededor.»

El único delito de Mata Hari fue ser una mujer libre.

«Me libré de crímenes que cometí, aunque el más grave de todos fue ser una mujer emancipada e independiente en un mundo gobernado por hombres.»

Una valiosa lección de esperanza para el hombre contemporáneo.

«Aprovecha todas las oportunidades de tu vida porque, cuando pasan, tardan mucho tiempo en volver.»

**Las reflexiones
que se dieron
en esa noche mágica
en la que la derrota
era inminente
y el Copto habló.**

«No eres derrotado
cuando pierdes,
sino cuando desistes.»

**Una exploración del mundo
femenino, una profundización
en sus miedos,
en la espiritualidad y en
la necesidad de buscar
sentido a la vida.**

«El camino es más importante
que aquello que te llevó
a caminar.»

booket